一夜の子を隠して花嫁は

ジェニー・ルーカス 作

上田なつき 訳

ハーレクイン・ロマンス

東京・ロンドン・トロント・パリ・ニューヨーク・アムステルダム
ハンブルク・ストックホルム・ミラノ・シドニー・マドリッド・ワルシャワ
ブダペスト・リオデジャネイロ・ルクセンブルク・フリブール・ムンバイ

NINE-MONTH NOTICE

by Jennie Lucas

Published by Harlequin Japan, a Division of K.K. HarperCollins Japan, 2024

ジェニー・ルーカス

書店を経営する両親のもと、たくさんの本に囲まれ、アイダホ州の小さな町で遠い国々を夢見て育つ。16歳でヨーロッパへの一人旅を経験して以来、アルバイトをしながらアメリカ中を旅する。22歳でのちに夫となる男性に出会い、大学で英文学の学位を取得した1年後、小説を書き始めた。育児に追われている今は執筆活動を通して大好きな旅をしているという。

主要登場人物

エマリン・スウェンソン……元秘書。愛称エミー。
カール・スウェンソン……エミーの父親。
ハロルド・エクルンド……エミーの花婿。カールの友人。
テオ・カトラキス……エミーの元雇い主。不動産開発会社社長。
ニコ・フェラーロ……テオの親友。
ホノーラ・フェラーロ……ニコの妻。エミーの親友。

1

自分が誘惑されるなんて夢にも思わなかったが、世界一ゴージャスな男性の腕の中で完璧な一夜を過ごしたのだ。

翌朝、恋は終わった。

二十八歳になった今、かつて抱いていたロマンチックな夢は跡形もなく消えていた。

「準備はいいか、スイートハート？」

エミーは鏡から目をそらし、ドア口に立つ父親を見た。いかつい顔が誇りと愛情に輝いている。

「母さんにも見せてやりたかった」カール・スウェンソンが目をぬぐった。「きっとおまえを誇りに思っただろう」

「ありがとう、パパ」エミーの喉に熱いものがこみあげた。母親が今日、娘のことを誇りに思ってくれたかどうかはわからない。マギー・スウェンソンは生前いつもエミーに、仕事や家事に追われるだけでなく、人生の楽しみを見つけるよう説いていた。


エミーことエマリン・スウェンソンは常に自分の役割がわかっていた。四人のやんちゃな弟たちと仕事に奮闘している父親、そして苦労の絶えない母親を持つ彼女は、家族を助けることが務めだった。

自分が美人でないこともわかっていた。髪はさえない薄茶色で、どちらかというと体型はふっくらしている。十代のころのエミーは、立派な男性と恋に落ち、月明かりの下で情熱的なファーストキスを交わすことを夢見ていた。ただ、そのときでさえ、自分みたいに平凡な娘にロマンスは似合わないと自覚していた。

ところが二十七歳のとき、エミーは恋に落ちた。

エミーはいつかそうしたいと思っていた。でも、今日じゃない。

今日は私の結婚式だ。

エミーを見て、父親の目に浮かんでいた輝きが消えた。「どうかしたのか?」

「なんでもないわ」エミーは無理にほほえむと化粧台から立ちあがり、更衣室の窓から差しこむ六月の明るい日差しの中にたたずんだ。着ているのは数十年前に母親が着用したウエディングドレスで、今の彼女には少しきつかった。二週間前、ハロルド・エクルンドとの結婚を承諾したときにはぴったりだったのに。

私が愛していない男性――キスもしたことのない男性との結婚を。

エミーは膝を震わせながら、このクイーンズで花屋を営む親友ホノーラの祖父から、結婚祝いに贈られた美しい赤い薔薇《ばら》のブーケを手に取った。それからもう一度、姿見に目をやる。古ぼけたドレスは不格好で、妊娠中の彼女にはお世辞にも似合っているとは言えなかった。

鏡に映った顔は、インターネットで動画を見ながら念入りにメイクをしたにもかかわらず、怯《おび》えたように青白く見えた。濃いアイラインとマスカラ、赤い口紅に違和感を覚える。薄茶色の髪はうなじできつく結われ、母親のベール付きのヘッドピースはくしゃくしゃのティッシュのように頭の上に留められていた。

プロのヘアメイクスタイリストを雇うというホノーラの提案を受け入れなかったことを、エミーは痛いほど後悔した。もう手遅れだ。花嫁付添人を務めるはずだったホノーラは、昨夜新妻とクルーズ中に怪我《けが》をした祖父のようすを見に、家族とともに急遽《きゅうきょ》カリブ海に向かった。

〝お祖父《じい》ちゃんはよくなっているわ〟でも、結婚式に出られなくて残念〟昨夜ホノーラが電話をかけてきて言った。〝お花をありがとうとお祖父ちゃんに伝えて〟〝戻ってきたらすぐにお祝いさせてね〟そこで親友が口ごもった。〝ねえ、本当に結婚したいの？　あまりにも急じゃない？〟

エミーは本当に結婚したいのだと嘘《うそ》をついたが、実は自分の気持ちがよくわからなかった。

だから、ホノーラがここにいなくてよかったのかもしれない。幸せな花嫁のふりをするのにはかなり苦労している。父親にさえ疑われているのに、ホノーラをだますことなんてできない。

しかし、母親を亡くしてすでに悲しみに打ちひしがれている家族に恥をかかせるくらいなら、愛していない人と結婚するほうがましだった。この一カ月間、エミーは近所じゅうの噂《うわさ》の的だった。父親と弟たちが自分を誘惑し捨てた男の名前を知りたがったとき、エミーはリオデジャネイロでボスの不動産王テオ・カトラキスと一夜限りの関係を持ったと打ち明けた。それは事実だった。

テオ……。

エミーは彼のことを考えたくなかった。

片手に薔薇のブーケを持ち、もう一方の手を父親の腕にかけて歩きだす。教会のホールまで来ると、呼吸は速く浅くなった。

「痛いよ、エミー」父親が言った。気がつくとエミーは父親の腕に指を食いこませていた。「どうも今日は調子が出なくてすまない。ウイスキーを引っかけてないからな」

「ごめんなさい」エミーは指の力をゆるめ、無理にほほえんだ。「パパのこと、誇りに思っているわ」

父親が目を潤ませながら彼女の手を撫《な》でた。「父さんもおまえを誇りに思うよ。彼はいい人だ。一緒になれば幸せな生活を送れるだろう」

エミーはそう願った。七カ月前の母親の死は家族に大きな悲しみと苦しみを与えた。先月エミーが妊娠を明らかにして以来、弟たちは姉の名誉を守るために何度もバーで喧嘩《けんか》をし、父親は危うくまた酒に手を出すところだった。

逃げ道を与えてくれたハロルド・エクルンドには感謝している。家族の友人である彼は、妻を亡くしてから何年も一人暮らしをしていた。住んでいるアパートメントはいつも散らかっていて、着ている服が清潔なことはほとんどなく、通りの向かいの酒屋で買うコーラと安いサンドイッチで生き延びていた。彼はエミーに住まいを提供する代わりに家事をしてもらえないかと持ちかけてきた。二人の間に愛はないし、もちろんセックスもない。

だが、ハロルドはやさしい人だった。遠く離れて暮らす孫を恋しがり、エミーに赤ん坊が生まれたら世話を手伝うと申し出た。二人なら助け合えるとエミーも思った。今後については出産後に考えるつもりだった。ハロルドとずっと結婚しているわけにはいかないのだから。

二週間前に婚約が発表されて以来、弟たちが怪我をして帰ってくることはなくなった。父親は再び顔を上げて近所を歩くことができるようになった。

それはエミーにとって喜ばしいことだった。家族が幸せなら、愛なんてなくても生きていける。

愛は心を傷つけるだけだ。

「本当にいいんだな？」礼拝堂のドアの前に立つと、父親がエミーを見つめた。「ハロルドはいい男だ。だが、結婚は長く続くものだから……」

深呼吸を一つして、エミーはうなずいた。「本当にいいの」

しわくちゃのスーツ姿の父親が唇を噛《か》みしめながら曖昧にほほえみ、礼拝堂のドアを開けた。

高らかに響くオルガンの音が波のように二人に押

し寄せた。エミーが父親と腕をからませて入場すると、おおぜいの列席者が騒々しく立ちあがった。スウェンソン家とエクルンド家はクイーンズの小さな地区に百年前から住んでいて、不名誉な妊娠をしたスウェンソン家の娘が長い間やもめで気の毒がられてきた老人と結婚するというので、みんなぞろぞろと集まってきたのだ。

おかしな話だった。エミーは幼いころ、人の注目を集めることに憧れていた。しかし今、ふくらんだおなかから不格好なウエディングドレスまで列席者たちにじろじろ見られていると、どこかに隠れたくなった。ある人はてのひらで口を隠して何やらささやき、ある人は励ますようにほほえんでいる。彼女は高揚と同時に恐怖を覚えた。

〝テオもあなたをそんな気分にさせたわ〟頭の中の声がささやいた。〝あの夜……〟

その声にエミーは耳をふさいだ。他の男性と結婚しようとしている今、テオを思い出してはならない。

中央通路の先、牧師の横で自分を待っているハロルドに目を向ける。彼は落ち着かないようすでこちらを見ていた。薄くなった灰色の髪は丁寧に後ろにとかしつけられ、時代遅れのスーツはきつそうだ。

通路をゆっくりと進みながら、エミーは左手にはめた婚約指輪に視線を落とした。〝死んだベティも君に持っていてほしいと思うだろう〟二週間前、ハロルドが目を潤ませて言った。〝埃《ほこり》をかぶっていてもしかたない。ベティにまた会えるまでの間、私を引き受けてくれた君に感謝しているはずだ〟

エミーは深呼吸をし、鉛のように重い足を無理やり前に進めた。祭壇の前に着くと、オルガンの演奏が突然やみ、あたりが静まり返った。

牧師が目をしばたたいて口を開いた。「我らは今日ここに集い……」

エミーは牧師の言葉がほとんど耳に入らなかった。

自分の手を父親がハロルドにゆだねるのがぼんやりとわかる。ハロルドがぎこちなく彼女の手を握った。

〝結婚は長く続くものだから……〟

心臓が激しく打っている。なぜこんなことをするのか、どうして自分の人生をほとんど知らない男性と永遠に結びつけようとするのか、その理由をエミーは思い出そうとした。花婿を見あげたとき、ハロルドの淡いブルーの瞳ではなく、別の誰かの危険な黒い瞳を見た気がしたからだ。エミーはあの夜の情熱を思い出して震えた。

「この二人が結ばれてはならない正当な理由を示すことができる者がいるならば、今申し出なさい。さもなくば永遠に口を閉ざしなさい」

「やめるんだ、今すぐに」

男性の低いうなり声が響き、石の床を震わせた。

エミーは息を吸いこんで振り返った。

たくましい男性が礼拝堂の入口に立っていた。暗がりに立ち、彼女の記憶にあるのと同じ、獰猛《どうもう》な黒い瞳で魂を貫かんばかりにこちらを見つめている。

テオ。

私を迎えに来たんだわ！

テオ・カトラキスはリオでエミー・スウェンソンとともにベッドで目覚めた朝、大きな間違いを犯したと悟った。

だが、それがなんだ？

テオの人生は間違いだらけだったが、間違いが成功を妨げることはなかった。現に彼はしばしば、失敗が自分を成功に導いたと考えていた。

誰もがバランスの取れた人生が最高と語る。仕事は大事だが、それだけでなく、友人や家族、ささやかな楽しみや趣味、隣人との助け合い、そして愛が必要だと言う。何よりも大事なのは生涯の愛だと。

しかし、それでは十億ドルの富を築くことはできない。毎日十何時間も仕事に費やし、精魂を傾けなくては無理だ。

友人も、ささやかな楽しみも、趣味も必要ない。テオはマンハッタンの高層アパートメントで隣人に会ったことなどなかった。世界じゅうにある豪邸はすべて、厚い壁と警備員によって外界から遮断されている。孤児だったから、幸いにも気にかけるべき家族はいない。そして愛——生涯続く愛は？

それは最も望ましくないものだ。

テオが妻も子供も持たずに三十九歳を迎えたのには理由があった。彼にはもっと大切なことがあった。アテネですさんだ路上生活をしていたテオは、十六歳のときに父親の弟に連れられてニューヨーク北部に移り住んだ。その叔父が他界したあと、叔父の小さな不動産開発会社を継ぎ、二十五歳になるころには全国規模に、三十歳になるころには世界規模の会社に成長させた。

重要なのは仕事だった。仕事は権力と金をもたらし、人を強くする。

だから、エミーが母親の葬儀のあとでニューヨークから電話をよこし、事前の通告もなく会社を辞めたとき、テオはこれでよかったのだと自分に言い聞かせた。二人で一夜を過ごした数日後のことだ。突然の退職は不都合ではあったが、別の新しい秘書を見つけて前に進めばいいと考えた。

そしてテオはそうした。この七カ月間、ニューヨークに戻ることはなかった。エミーを避けていたわけではない。まさか。ただ、海外での取り引きに忙殺されていただけだ。

ところが昨日、友人のニコから電話があった。テオは突然、七カ月前に秘書と一夜をともにしたのは思った以上に大きな過ちだったと気づいた。人生が一変するような過ちだったと。

ニコの電話を受けたとき、テオはヨットに乗っていて、新しく手に入れた土地を破壊、いや、開発するためにライラという小さな島に向かっていた。真っ赤な太陽が濃いサファイア色のエーゲ海に沈むころ、彼は元秘書が結婚することを知った。妊娠したからだという。

友人のニコが鼻で笑った。「知らなかったのか？本当に連絡を取っていなかったんだな。彼女はリオで一夜限りの関係を持ったとホノーラに言ったそうだ。バーで出会った男と楽しんだはいいが、名前もきかなかったんだろう」

エミーがリオでの一夜限りの関係で妊娠……。テオは体が熱くなり、次に冷たくなるのを感じた。

「ありえない」

「僕も信じられないよ。エミーは物静かで分別があるように見えたのに」ニコが少し間を置いた。「彼女はおまえの秘書だった。彼女のまわりをうろうろしている男を見たことは？」

「ない」テオはエミーを抱きしめたときの唇の震えやぎこちないしぐさや不安な表情を覚えていた。彼女は何をどうしたらいいかわからないようだった。彼女はあの年でバージンだったのだ。キスの仕方さえ知らなかった。

そして一夜をともにした翌朝、エミーは電話で母親の死を知らされた。葬儀のために急いでニューヨークに戻り、悲しむ家族と過ごしたあと、他の男の腕の中に身を投げ出したなんて信じられるはずがなかった。ありえない。

彼女のおなかの子供は僕の子だ。

なのに、エミーは僕に何も言わなかった。

「エミーはクイーンズの老人と結婚するそうだ。父親の友達らしい。急な結婚にはホノーラでさえ首をかしげている。もしも経済的な理由で結婚するなら、彼女を秘書に戻してやったらどうだ？」

経済的な理由で結婚する……。

〝私は彼と結婚しなくちゃならないの。そうしないと私たちは生きていけないのよ〟

テオは母親の震える声を思い出し、携帯電話を握りしめた。「アメリカは自由の国だぞ。何をしたってかまわない」

「おまえたち二人の間に何があったんだ？」唐突にニコが問いかけた。「エミーは家族の世話をするために仕事を辞めたと思っていたが、彼女がおまえを結婚式に呼ばなかったのは妙な気がする」

「僕たちはべつに友達同士だったわけじゃない。おまえも知っているだろう」

「だが……そうか！」ニコが息を吸いこんだ。「おまえが彼女を誘惑したんだろう。しなかったのなら、はっきりそう言え」

ニコは僕のことを知りすぎるほど知っている。テオは歯を食いしばった。

「テオ？」

「いや」彼はしぶしぶ言った。「彼女を誘惑なんかしなかった」

そう、正確には誘惑していない。だが、あの夜あったことはやはりすべて僕の責任だ。

自分がどういう人間なのか、テオはとっくに理解していた。三年前、最後の恋人は、つき合って六カ月目の記念日にニューヨークの最高級フレンチレストラン〈ル・ベルナルダン〉で振られたとき、テオの頭に皿を投げつけた。

〝この自分勝手で薄情なろくでなし！〟彼女はフランス語なまりで叫んだ。

皿は頭をはずれて壁に当たったが、言葉は的を射ていた。これほど明白な真実を、どうして否定できるだろう？

自分勝手で薄情なろくでなしであることが今のテオを作ったのだった。愛するなと警告されながら女性が僕を愛することにしたのなら、それは彼女たちの責任だ。

テオの前の秘書は彼に恋したあげく、東京での重要な取り引きの最中に仕事を放り出した。その秘書とはベッドをともにしたことすらなかったのだから皮肉なものだ。

後任を探していたテオは、ハンプトンズで開かれたニコとホノーラの結婚式に義理で出席したとき、ニコの妻の親友、エミー・スウェンソンと知り合った。そして、地味で打ちとけにくい性格の彼女には三つのすぐれた資質があることに気づいた。

秘書になってくれないかと持ちかけたときのエミーのいやそうな態度に、テオは思わず笑った。だが、彼女は癌《がん》を患った母親の医療費を支払うためにお金が必要だったし、父親の配管業もうまくいっていなかった。そこで彼は給料を通常の四倍にすると提案した。

〝ただ、絶対に僕を好きにならないと約束してくれ〟

エミーの菫《すみれ》色の瞳が愉快そうに輝くと、平凡そのものの彼女が美しく見えた。

〝そんな約束、簡単です。あなたのような人を好きになるわけがありません〟

そして二人は握手を交わした。

テオは正しかった。彼の危険な賭けは、いつものように勝利をもたらした。最初は大変だったが、エミーは新しい複雑な仕事を学び、テオにとって最高の秘書となった。それから一年以上、彼のスケジュールを完璧に管理し、連絡事項を正確に伝え、余分な仕事をふやさなかった。

エミーが鎧《よろい》のように身にまとったただぶだぶのスーツの下に官能的な女性がひそんでいて、炎のようなキスをすると知るまでは、すべて順調だったのだ。

リオでのあの夜までは。

いや、あの夜のことを考えてはいけない。

テオは携帯電話を握りしめながら、ヨットの手すりの前に立ち、赤い夕日を見つめた。

エミーが結婚するのはいいことなのかもしれない。たとえ花婿が家族の友人にすぎない老人だったとしても。その男なら彼女を幸せにできるかもしれないし、心を持っていて彼女と気持ちを分かち合えるかもしれない。

僕と違って。四十歳を前にして、僕が変わることはないだろう。少なくともいいほうには。

テオはニコに、気にしていない、新しい秘書に結婚祝いを贈らせると言おうとして口を開いた。

そのとき――。

僕の赤ん坊。

「それでエミーに電話するのか？　秘書の仕事に戻ってほしいと言うのか？」

「それ以上のことをするつもりだ。彼女の結婚式に行く。そして話をする」

通話を終えると、テオはできるだけ早くアテネに戻るよう操縦士に伝えた。ライラ島での仕事は後回しだ。秘書には自家用機の準備が整っていることを確認するよう伝えた。

大西洋を横断している間、テオはほとんど眠れなかった。シャワーを浴び、服を着替え、機内を歩きまわった。フライトはかつてないほど長かった。平静を保とうとしたが、心臓が激しく鼓動し、息をするのもやっとだった。原因は怒りだ。

エミーは赤ん坊のことを秘密にしていた。

僕にチャンスさえ与えなかったのだ。

自家用機はニューヨーク郊外に着陸し、そこにはテオのバイクが用意されていた。彼はアクセルを全開にし、クイーンズへと急いだ。交通渋滞の中を危険なほど蛇行しながら、結婚式に間に合ってみせるという決意のもと、エンジンをうならせた。

テオはなんとか怒りを抑えこんだ。怒ることは弱さをあらわにすることだ。心を凍りつかせなければ。

ようやくクイーンズの古い石造りの教会にたどり着いた。ニコの妻ホノーラはエミーと一緒にここで育った。この界隈《かいわい》は労働者階級が多く、ミッドタウンよりも活気や温かみがある。テオがバイクを止めたとき、犬がおもちゃのスクーターに乗った二人の子供を追いかけながら楽しそうに吠《ほ》えた。

テオは表情を引きしめ、ヘルメットを愛車ドゥカティのハンドルにかけた。通りを横切って教会の階段をのぼり、静かにドアを押し開ける。

込み合った礼拝堂に入ると、牧師がすでに話を始めていた。バイカーブーツが石の床に靴音を響かせる。年老いた花婿を見たとたん、テオは足がもつれそうになった。あれがエミーの選んだ男か？　この僕を差し置いて？

花嫁がこちらを向くと、時代遅れのベールの下のハート形の顔が見えた。エミーは居心地が悪そうどころか、みじめそうに見えた。花嫁は誰しも美しいと言うが、白いドレスは不格好で、豊かな胸と大きなおなかを強調していた。

他の男がおなかの赤ん坊の父親になるのだ。

「結婚式は中止だ」テオは中央通路に踏み出してどなった。「今すぐに」

列席者全員が息をのみ、彼のほうを振り向いた。牧師がうつろな顔で見つめ、エミーが白いベールの下で恐怖に目を見開いた。

「テオ」彼女が息をついた。「ここで……ここで何をしているの？」

テオの目はエミーのおなかにそそがれ、それから顔に戻った。「君は僕の子を身ごもっているのか？」

2

エミーはふらつき、赤い薔薇《ばら》のブーケを握りしめた。おおぜいの列席者を尻目に、中央通路に立つギリシア人を見つめる。この七カ月間、毎晩のように夢に見ていた男性だ。

〝君は僕の子を身ごもっているのか?〟

いいえ! エミーはそう叫びたかった。あなたは父親にはなれない。この子をどう愛したらいいのかわからないんだから。

何カ月もの間、こんな事態になるのを避けるために妊娠を隠していた。嘘《うそ》をついたわけではない。ただ、テオにばれないようにしていただけだ。それに、たとえばれたとしても、彼は気にも留めないはずだと自分に言い聞かせていた。私は彼が私と赤ん坊を拒絶する手間を省いただけ。

エミーはコミュニティカレッジの夜間クラスで会計学を学びながら、ダウンタウンにある会社で何年も働いたのち、冷徹で不道徳な辣腕経営者テオ・カトラキスの秘書となった。常に逼迫《ひっぱく》しているスウェンソン家では、誰かが家計を支えなければならなかったからだ。

しかし、そんなエミーでさえ、妊娠の件に関しては現実的になれなかった。テオが養育費を出すのはわかっていたが、どうしても彼に電話をかけることができなかった。父親の配管業が毎月のように赤字を出しているのに、プライドが許さなかった。

あるいは、金銭的な援助を受けてテオに思いどおりにされるのが怖かったのかもしれない。そうなればさらに傷つくのはわかっていた。

だが今、テオはここにいる。口が乾き、エミーはかすれた声しか出せなかった。「誰に聞いたの？」

「君じゃない。そこが問題だ」テオの英語にはギリシア語のアクセントがあり、怒気を帯びていた。

「嘘をついたな」

テオが列席者の横を通り過ぎると、ささやき声が山火事のように礼拝堂じゅうに広がった。

「彼女のボスだわ！」

「億万長者よ！」

「彼は彼女とベッドをともにしたのか？」

はき古した黒いバイカーブーツの靴音を響かせて通路を進む彼が、祭壇の前で立ちどまった。

テオはエミーの目の前にいた。

「私……嘘はついてないわ」彼女は声を絞り出した。

テオの黒い瞳がエミーのおなかに向けられた。

「いや、嘘をついた」

彼の言うとおりだ。エミーは羞恥心に襲われた。

だが、すぐに怒りがこみあげた。嘘をつく理由があったのだ。

「そうかしら？」エミーは顎を上げた。「あなたに父親になる気がないのはわかっていたわ。あなたは永遠の誓いや愛とは無縁の人よ。私たちの子供にお金以外の何を差し出せるというの？　お金ならけっこうよ。あなたがいなくてもやっていけるわ」

テオが唇を開き、息を吸いこんだ。まるで傷ついたかのように。いや、ありえない。彼には傷つく心なんてないはず。

「だから僕を切り捨てたのか」彼の声は極寒の海にも負けないほど冷たく暗かった。「君は僕から赤ん坊を奪っても当然だと考えたんだ」

エミーは息をのんだ。赤ん坊を奪う？　私はそんなことをしたの？

「君がエミーの赤ん坊の父親なのかね？」ハロルドが突然口を開いた。エミーは彼が横にいることをすっかり忘れていた。堂々とした体格のテオの前では、花婿が縮んでしまったように見える。

　それも無理はない。エミーはかつてのボスを見あげた。

　七カ月ぶりに会うテオが以前にもまして魅力的になっていたのは、不公平としか言いようがなかった。筋肉質の肩と胸はぴったりとした黒のTシャツに包まれ、力強い腿は黒のデニムにおおわれている。頬骨は高く、唇は官能的で、角張った顎は髭《ひげ》が剃《そ》られていない。黒い眉の下の目は暗く険しかった。

　この人はまだ私を魅了し、その気にさせることができると気づき、エミーは絶望と怒りと悲しみに襲われた。握りしめたブーケをテオに投げつけたい衝動に駆られたとき、親指に棘《とげ》が刺さってかすかな痛みを感じた。とっさに親指を唇に当てる。

　テオがエミーの唇に視線を落としたあと、顎を引きしめ、年老いた花婿のほうを向いた。「あなたの出番はもうありません」

「そのようだ」ハロルドが威厳をもって応じた。「あとは君にまかせよう」エミーの手の甲を軽くたたきながら、彼は静かに言った。「君が結婚して幸せになることを願っているよ」

　エミーは当惑してハロルドを見つめた。「この人に私と結婚するつもりはないわ」

　しかし、ハロルドは祭壇に背を向け、一番前の会衆席に腰を下ろした。花柄のドレスを着てピンクの帽子をかぶった年配の隣人ルーリー・オルセンが、慰めるように彼の肩を撫《な》でた。古風なたちのハロルドは、テオが自分の子供の母親と結婚したいと思うのは当然だと考えたのだろう。

　だが、エミーの父親や弟たちはそんなにあっさりとは納得しなかった。

「絶対に許さん！」会衆席の反対側から父親が立ちあがって声をあげた。「カトラキス、おまえがリオの夜の相手か？」

「姉さんのボスだよ！」父親の横でアメリカンフットボール選手並みにたくましいスウェンソン四兄弟が拳を握りしめ、下唇を突き出しながらいっせいに立ちあがった。そして父親とともに、対戦相手と向かい合うように敵意をみなぎらせて前に進み出た。

「おまえは娘を誘惑して、そのあと捨てたんだ」カール・スウェンソンが責めたてた。

礼拝堂の中に低いつぶやきが広がった。マギー・スウェンソンが亡くなって以来、スウェンソン一家には同情が集まっていた。子供たちや犬たちのためにいつもポケットに菓子を忍ばせ、助けが必要な人には無償の食事とやさしい励ましを与えていたマギーはみんなに好かれていたのだ。

〝世の中にはお金よりも大切なものがあるのよ、エミー〟母親はよく娘に言い聞かせていた。

しかし、病気になる前から、マギーには夢見がちなところがあった。エミーは十二歳のときから一家の預金を管理し、電気が止められないように請求書の支払いをしてきた。十五歳になると、父親が営む配管業の売掛金の管理を始めた。

クイーンズに住む誰もがカールや四人の息子たちを怒らせてはいけないことを知っていた。十九歳から二十六歳までの筋骨隆々で短気な息子たちは、たった一人の姉を何がなんでも守ると決めていた。

だが、テオは心配しているふうには見えなかった。力の強さには自信があるのだろう。ただエミーだけを見ている。

「教えてくれ」彼が静かに言った。「君の口から聞きたいんだ」

エミーはテオの鋭く光る黒い瞳や高い頬骨や角張った顎を見あげた。まっすぐな鼻は鼻梁《びりょう》の一部がわずかに曲がっている。それから冷酷なまでに官能的な唇に視線を向けた。その唇が自分の体にくまなくキスをし、愛撫《あいぶ》した感触を今も思い出せる。

ステンドグラスの窓から差しこむ光が白いサテンのドレスに赤や紫や青の模様を描いている。エミーは目を閉じた。

「そう」彼女はささやいた。「あなたの子よ」

テオが鋭く息を吸いこんだ。「男の子？　女の子か？」

「男の子だ」エミーの父親がうなった。「今すぐ娘と結婚して、孫におまえの名字を名乗らせるんだ」

エミーは恐ろしくなって目を見開いた。「だめよ、パパ」

「さもないと――」

「さもないと――」弟たちが拳を握りながら声をそろえてすごんだ。

エミーはおそるおそるテオを一瞥《いちべつ》した。きっと父親が激怒するような侮辱的な言葉を返すに違いない。拳が飛び交い、愛する誰かが傷つくだろう。彼女は腕を伸ばし、テオと家族の間に割りこもうとした。

「お願い、テオ、私は誓ってあなたと結婚なんてしたくない――」

テオがそっとエミーを押しのけ、カールに向かってしっかりとうなずいてみせた。「わかった」

「娘と結婚するのか？」父親が疑わしげに尋ねる。

テオが片手を差し出した。「そうだ」

父親の顔が明るくなった。「そうか」

二人の男は握手を交わした。まるで中古の配管工用トーチの売買交渉が成立したかのように。

二人を代わる代わる見ながら、エミーは額にしわを寄せた。「これは何かの冗談？」

テオが牧師と列席者を眺めまわしてから眉を上げ、皮肉っぽく言い返した。「こんなところで冗談を言うと思うのか？」

ささやき声とため息が会衆席に広がった。列席客の多くが携帯電話を手にして写真を撮ろうとしていた。二十八歳の平凡な娘がハンサムなギリシア人億万長者をベッドに誘い、結婚までこぎ着けたなんて、誰が信じるだろう？

テオがエミーの手を取って、ゆっくりとハロルドの婚約指輪を指からはずした。彼の指の感触にエミーは震えた。それからテオはハロルドに向き直った。「代役を務めてくれてありがとう」テオが重々しく言って指輪をハロルドに渡した。「ここからは僕が引き継ぐ」そう言ってエミーの手を握り、牧師のほうを向いた。「続けてください」

続ける？

エミーは手を引っこめようとした。「気でも狂ったの？　花婿を替えるつもりはないわ！」

「なぜ？」理不尽なことを言っているのは君だとばかりにテオが冷静に尋ねた。

エミーはなぜテオが自分と結婚したがっているのかわからなかった。ただ、彼の秘書を一年半務めた経験から、テオ・カトラキスが必ず欲しいときに欲しいものを手に入れるのは知っていた。

でも、これは違う。絶対に違う。

エミーは手を引き抜いて言った。「私たちには結婚許可証がないわ。指輪だって！　それに……私たちは愛し合ってもいない！」

テオの目が最前列に座っているハロルドにそそがれ、疑わしげに眉が上がった。その意味は明らかだった。

エミーは体をこわばらせた。これは、愛し合っていないハロルドと結婚しようとするのとはまったく違う。ハロルドなら決して私の心を傷つけたりしない。彼女は必死の思いで振り返った。「パパ」

しかし、父親はエミーの肩をぽんとたたいただけだった。「あとで父さんに感謝するだろう。こうするのが一番だ」

「これが一番だよ」弟たちも繰り返した。

私はテオと結婚させられてしまう。エミーは礼拝堂を見まわしたが、味方はいなかった。ハロルドと便宜結婚をするものと考えていた誰もが、今度はテオと結婚できるチャンスを彼女が手をたたいて喜ぶだろうと思っているのだ。

たとえおなかの子の父親であろうと、ハンサムな億万長者であろうと、テオ・カトラキスと結婚するのは私にとってハロルドと結ばれるよりはるかに悪いことだと、誰に理解できるだろう？

エミーは深呼吸をし、くるりとテオのほうを向いた。「こんなことはやめて。後悔するわよ」目をぬぐうと、黒いマスカラが指先についた。「私だって後悔することになるわ」

テオがエミーを見おろし、静かに言った。「僕は君の赤ん坊の父親だ」

その短い言葉にエミーは息をのんだ。家庭を築いて一緒に息子を育てようとするテオを、自分が不安だからという理由だけで拒むのは間違いなのだろうか？

でも、もしまた彼と親密になったら、心を奪われて離れられなくなるのではないかと思うと怖い。もしまた彼を愛してしまったら、今度はもう逃れられない。夫婦の絆《きずな》、家族の絆、そして自分自身の切なる願いによって、私は永遠に彼に縛りつけられるのだ。

私は、愛を返してくれない男性を一生愛しつづけることになる。愛することを拒絶する彼は私の心をぼろぼろにしてしまうだろう。

でも……赤ちゃんはどうなるの？　妻を愛せなくても、父親としてのテオに望みがあるとしたら？

子供が両親のそろった安心できる家庭で育つチャンスを拒んでいいのだろうか？　自分の欲求を第一に考えるほど、私はわがままなのだろうか？

「とにかく式を終わらせてください」テオが尊大な口調で牧師に言った。「書類はあとでそろえます」

「どうしたものか……」牧師が肩をすくめ、エミーのほうを向いて開いた聖書に手を置きながら、眼鏡越しに真剣な目で見つめた。「もう一度最初から始めるかね？」

エミーは決心がつきかね、牧師を見つめ返した。

「はいと言うんだ」テオが低くハスキーな声で言った。「僕と結婚してくれ」

エミーは振り返り、会衆席からなりゆきを見守る人々を見た。「私は――」

テオに力強く引き寄せられ、エミーの声はとぎれた。彼女は息をのみ、革とエンジンとさわやかなアフターシェーブローションの香りを吸いこんだ。

テオが黒い瞳を輝かせた。それから頭を下げ、エミーにキスをした。

テオはキスを武器のように使った。

自分の魅力と意志の強さにものを言わせ、エミーを承諾させるつもりだった。過去に何度か他の女性とも、たいした理由もなくキスをしたことがある。彼はいつでも自分のやり方で女性を納得させることができた。今、エミーとの結婚に踏みきったのは、存在を知ったばかりの息子を永久に守り抜くと衝動的に決意したからだ。結婚という手段にはなんの疑問も持たなかった。目的は手段を正当化する。

しかし、エミーの唇に唇を重ねたとき、予期していなかったことが起こった。キスの瞬間、体じゅうに電流のような衝撃が走ったのだ。以前にも同じことがあった。エミーの純潔を奪った夜のことだ。あれ以来何カ月もの間、テオは自分を欺いていた。あのときは酔って正気を失っていたのだ、自分が味わった圧倒的な歓喜は思いこみにすぎないと。

しかし、思いこみなどではなかった。

あの夜、エミー・スウェンソンとのキスはテオの世界を激しく揺さぶった。

テオが息を吸いこみながらエミーを強く引き寄せると、おなかのふくらみと豊かな胸が感じられた。

僕にはこれが必要だった。彼女が必要だったのだ。かすかなうめき声が聞こえ、テオはそれが自分の喉からもれたのだとわかった。

ショックを受け、テオは身を引き離した。

エミーがテオを見あげると、拍手と冷やかしの口笛が会衆席からわき起こった。白いベールの下の菫《すみれ》色の瞳に苦悶《くもん》と恐怖が浮かんでいるのを、彼は見て取った。エミーが唇を噛《か》み、テオを探るように見つめる。それから唾をのみこみ、後ずさった。

「いいえ」そうささやくと、エミーはブーケを床に投げつけて走りだし、脇のドアから消えた。

テオはあんぐりと口を開けた。

「あの子にはもう少し説得が必要なようだ」エミーの父親が言い、テオは顔をしかめた。

まったく、エミーに何かを納得させるのはなぜいつもこんなにむずかしいのだろう？　秘書になることも、妊娠を打ち明けることも、結婚することも。

エミーは僕の妻になることを拒んだ。以前秘書になることを拒んだように。あのときは僕の魅力が見せかけだと見抜き、簡単にはだまされない彼女の聡《そう》明《めい》さに感嘆した。

だが、今は……。

テオに対するエミーの評価は以前とまったく変わっていないようだった。一年半一緒に仕事をしてきたのに、いまだに僕のことを自分勝手なろくでなしだと思っている。キスをしたあと、彼女が恐れおののきながら僕を見つめた理由を、他にどう説明すればいいだろう？

会衆席の人々がうれしそうに携帯電話を掲げて写真を撮っている中で、牧師とともに祭壇に置き去りにされたテオは何十年かぶりに屈辱を感じ、頬が熱くなった。

相手がどんな女性であれ結婚を申しこむなど想像したこともなかったが、もしなんらかの理由で結婚する気になったら、その女性は喜んで自分の腕の中に飛びこんでくるものと思っていた。

ところが、エミーは逃げ出した。

「ちょっと失礼」テオは険しい口調で一同に言い、花嫁を追いかけて脇のドアから出た。そして、披露宴のために飾られた教会のホールで追いついた。

「待て」彼はうなった。

エミーが不安げな顔で振り返った。「あなたと結婚するつもりはないわ」

テオは彼女の手をつかんだ。「待ってくれ」

「触らないで」エミーが手を振りほどいた。ほの暗いホールで瞳が鋭い光を放つ。人を酔わせるような色合いだ。テオは古代アテネを象徴する花、菫をぼんやりと思い浮かべた。黄昏《たそがれ》どきの地平線の色だ。

「わかったよ」彼は手を下ろし、深呼吸をした。

「僕たちは話をしなくては」

「何について？」エミーが顎を上げた。「あなたがいきなり結婚を迫ったことについて？　みんなの前でキスをしたことについて？」

テオは長い折りたたみテーブルの奥にある手作りのウエディングケーキと紙皿を見やった。後ろの壁には手書きの横断幕が掲げられ、安っぽい風船が添えられている。〝おめでとう、エミーとハロルド〟

思わず顎をこわばらせた。「あの老人と結婚することにはなんの問題もなかったらしいのに」

「ハロルドはいい人よ」エミーが言い返した。

「なぜあの男だったんだ？」

「彼は私たちに家を与えてくれるわ」

「僕だって君に家をあげられる。世界じゅうに何軒でも。家が必要ならなぜ僕に頼まなかった？」

「それは……」エミーが唾をのみこんで目をそらし、しばらくしてようやく目を合わせた。「どうして欲しいふりをするの？　妻や子供を？」

「そんなふりはしていない」

エミーが苦々しく笑った。「私があなたのことをよく知っているのを忘れたの？　秘書として働く前から、あなたがどんな人かは知っていたわ。ニコの結婚式の朝、あなたが彼に、急げばまだ逃げられるって言うのを聞いたのよ。あなたは花婿の付添人だったのに！」

テオは唇をなめた。「聞いていたのか」

「私は花嫁の付添人で、その場にいたのよ。あなたの目には入らなかったかもしれないけど……」

「いや、目に入っていたよ」テオはニコとホノーラがビーチで結婚式を挙げた日のことを思い出した。

「君はきれいだった。あのときだけはさえない服に魅力がすっぽり隠されていない気がしたよ」そう言いながら、時代遅れのウエディングドレスに視線を這《は》わせると、エミーの頬が赤く染まった。

「あなたは結婚というものを軽蔑しているはずよ。なぜ私と結婚しようとするの？」

テオは目をそらし、中庭を見渡せるアーチ型の窓を見た。自分でも理解できないことをどう説明すればいいのだろう？「君の言うとおりだ。僕はこれまで誓いを立てることを避けてきた。誰とつき合うときも、前もって別れを想定していた。ただ、君とリオで過ごしたあの夜は……」

エミーは続きを待っている。

二人の目が合った。「僕は注意を怠った」

エミーが勢いよく息を吸いこみ、うつむいた。

「僕の過ちだ」テオが静かに言うと、彼女が顔を上げた。

「おなかの赤ちゃんを過ちだと思っているの？」

テオの心臓が早鐘を打ちだした。「ああ」彼はエミーを見た。「過ちだ。だが、それに対しては責任を取るつもりだ」再び目をそらし、穏やかに告げる。

「君一人に苦労をかけるつもりはない。僕の母は一人でがんばらざるをえなかったが」

沈黙が流れた。テオが自分の子供時代について話すのは初めてのことだった。

エミーの表情が変わった。「赤ちゃんの父親になりたいなら、なればいいわ」口調が急にやさしくなる。「いつでも会わせてあげる。でも、だからといって結婚する必要はないわ」

「子供を守りたいなら、君を守らなければ。子供に責任を持ちたいなら、君に責任を持たなければ」

エミーが目を見開き、再び視線を落とすと、黒いまつげが蝶《ちょう》の羽のようにそっと頬をかすめた。

メイクをしたエミーはいつもより魅力的に見えた。ただ、自分だけが気づいている彼女の美しさが隠れてしまったようでテオは気に入らなかった。

実のところ、彼は目の前のすべてが気に入らなかった。安っぽい披露宴会場も、ヨーロッパから飛んできたせいで疲れて空腹を感じていることも、自分らしくもなく良心の呵責《かしやく》に駆られて結婚しようとしたことも。

不格好なウエディングドレスのせいで豊かな胸やふくらんだおなかがはっきりわかるエミーは、男なら誰もあらがえない豊穣《ほうじよう》の女神のように見えた。

彼女にあらがう必要などないじゃないか。頭の中の声がささやいた。いったん彼女を妻にすれば。

まださっきのキスの余韻を感じていたテオは、赤みを帯びたエミーの唇に視線を向けた。

「失礼なことをしてしまったわ」彼女が礼拝堂のドアを振り返った。「家族も友人もどうしたらいいかわからないまま待っているはず。みんなに、すべて終わったから帰ってくださいと言わなくちゃ」

テオは険しいまなざしでエミーを見た。

「逃げないわ。戻ってくるから」

エミーが脇のドアから姿を消したあと、テオはホールを歩きまわりはじめた。昨日から何も食べておらず、おなかが鳴ったとき、センターテーブルの上のウエディングケーキが目に留まった。テーブルに近づき、真っ白なケーキの縁を指でなぞった。指をなめてみてバタークリームだとわかった。おいしい。そこで物音が聞こえた。

花柄のドレスを着てピンクの帽子をかぶった女性が連れの女性と奥のドアから入ってきた。「祈りが通じたのかと思ったわ。だってハロルドは――」ウエディングケーキの横に立ち、バタークリームに指を突っこんだテオを見て、二人が立ちどまった。

「片づけに来たのよ」連れの女性が彼に言った。

テオは魅力的な笑みを浮かべた。「あとにしていただけますか?」

「もちろん」女性たちはあわてて出ていった。

指についたバタークリームをなめながらテオが入刀用のナイフを取ってケーキを切ろうとしたとき、携帯電話が鳴った。

ギリシアの物件の解体許可が下りたという弁護士からの電話だった。だが、それを聞いただけでは満足できなかった。この目で実際に見なくては。

「それから、あなたがお探しの品物をようやく見つけました」弁護士がつけ加えた。

テオはまばたきをした。「どこで?」

「テッサロニキの質屋です。オフィスにお持ちします」弁護士が口ごもった。「ニューヨークへすぐに戻られたそうですね。緊急のご用件でしたか?」

「結婚するために戻ったんだ」自分でも意外なことに言葉がすらすらと出てきた。

辣腕で知られる弁護士が息をのむのがわかった。

「その前にまず婚前契約書を交わすべきでは?」

テオの否定の言葉を聞き、弁護士がまるで気絶してソファに倒れこむヴィクトリア朝時代の乙女のようにうめいた。

しばらくして電話を切ったテオは自分の愚かさにあきれた。エミーと結婚するつもりで祭壇の前に立ったとき、自分の資産を守ることなどまるで頭になかった。彼女の何が僕に正気を失わせたのだろう？

いや、そんなことはもういい。頭を冷やして賢くなろう。僕と結婚するようエミーを説得し、婚前契約書にサインさせるのだ。だが、どうやって彼女を説得する？

脇のドアが開き、白いサテンに身を包んだエミーが入ってきた。テオは自分の魅力を全開にして彼女を説き伏せようと身構えた。「僕と結婚してくれるかい、エミー？」

エミーが彼を見た。

「ええ」意外にも彼女が言った。「そうするわ」

3

何事もなかったように二人で日差しの下へ出ていきながら、エミーはまだ手の震えを感じていた。

テオが彼女を探るような目で見てから言った。

「腹が減っているんだ。昼食をとりながら話そう」

教会から出ると、活気あふれるクイーンズの店々が目に飛びこんできた。抜けるような青空に目がくらみ、エミーはまばたきをした。自分が下した決断にも目がくらみそうだった。

「あそこだ」テオが顎で示した。

「何が？」

「僕のバイクだよ」

彼の視線を追うと、高価なバイクが緊急車両用レーンに止まっていた。「あれに乗れというの？」

「だめかい？」

「どうやってあなたにつかまったらいいの？　このおなかで！」

テオが大きなおなかを見てため息をつき、ポケットから携帯電話を取り出した。「バーナードに電話するよ」

バーナード・オリヴァーはニューヨークでのテオのお抱え運転手だが、クイーンズまで来るには三十分はかかるだろう。教会の正面扉からは近所の人たちや友人たちがぞろぞろ出てくる。今にも振り返り、こちらに気づくはずだ。みんなの質問に長々と答えるつもりはないし、運転手付きのロールスロイスに乗せられるところを見られるのもいやだ。

テオが先に立って歩きだすと、エミーは彼の腕をつかんだ。「私のアパートメントで待ちましょう。そんなに遠くないの。歩いていけるわ」

テオの眉間にしわが寄った。「歩く？」

エミーは鼻で笑った。ふだんジムで鍛えたりランニングをしたりする男性にとって、通りを少し歩くという行為がどれほど侮辱的かを考えると愉快だった。

「そう、歩くの」彼女はテオの手を引っぱった。「こっちよ」

角を曲がって歩きだすと、エミーはすぐにテオの手を放した。彼に触れるのはつらすぎた。

先ほどのキスはいまだにエミーの頭のてっぺんから足の先までをほてらせていた。あまりにも衝撃的で、テオがついぞ耳にしたことのないはずの言葉を口にする力がわいた。

〝いいえ〟

テオと結婚するのが怖かった。彼が自分を誘惑し、魂を奪い、抜け殻のようにしてしまうのが怖かった。

だが、一人で礼拝堂に戻ったとき、心に変化が起き、テオと結婚しようと決めた。

礼拝堂には父親が一人ぽつんと立っていた。招待客たちには結婚式は中止だから帰ってほしいと伝え、息子たちにはエミーのためにできることはもうやったのだから、あとは二人にまかせて立ち去るべきだと話したという。しかし自分自身は、娘に支えが必要な場合に備えて残ったのだ。

二人は誰もいない礼拝堂で静かに話をした。

〝私、彼とは結婚できないわ〟エミーは暗い顔で言った。〝彼が私を愛することはないもの〟

〝おまえは彼を愛することができると思うか？〟

エミーは胸が詰まった。〝ええ〟

父親がステンドグラス越しの光が赤や青や黄色の模様を描く石の床を見おろし、それから顔を上げた。〝おまえの母さんが結婚したとき、おまえを身ごもっていたことは知っているな〟

エミーは唇を噛《か》み、しぶしぶうなずいた。父と娘の間でこの話をしたことはない。〝私は結婚式の半年後に生まれたんでしょう？〟

父親が皮肉っぽくほほえんだ。〝母さんは父さんを愛していなかったよ。当時はね。三回プロポーズしたが、母さんはノーと言った。ようやくイエスと言ったとき、父さんは母さんを幸せにすると誓った。そして、そうできたと思う〟

〝そうね〟あのロマンチックで夢見がちな母親が父親と結婚したがらなかったとは驚きだ。エミーは慰めるように父親の肩に手を置いた。〝母さんは心から父さんを愛していたわ〟

〝そうなるにはしばらく時間がかかった〟父親が涙ぐみながら笑みを浮かべた。〝母さんがイエスと言わなかったら、おまえの弟たちは生まれていなかった。こうして家族になることもなかった〟

そう考えると恐ろしくて、エミーは息をのんだ。

〝カトラキスを愛せると思っているのなら、そこから始めればいい。カトラキスが……〟父親が言葉を切り、やさしくほほえんだ。〝おまえを愛するようにならないわけがない。時間をやることだ〟

時間。エミーには、時間がいくらあってもテオが誰かを愛するようになるとは思えなかった。だが、父親に別れを告げて脇のドアから披露宴会場に戻るまでの間に、エミーは考えを変えた。

テオと結婚しよう。お金の心配や母親の闘病があったにもかかわらず、私は幸せな子供時代を送った。それを自分の子供にも与えたい。私にとって子供の幸せは自分の幸せよりも大切だ。

テオを愛してしまう不安は……。

今、通りを歩きながら、エミーはふいに思いついた。不安は簡単に解消できる。結婚にいくつか条件をつければいいのだ。

条件の一つは、ベッドをともにしないこと。残念ではあるけれど、テオを愛してしまって傷つくことは避けられる。自分がテオにふさわしい相手でないのはわかっているし、彼はすぐに私に飽きるだろう。だから、ロマンチックで情熱的な関係の代わりに、敬意と信頼に基づく深い友情を築いたら？　それが二人の結婚生活を長続きさせる唯一の方法だ。

でも……。

エミーはまだテオのキスを引きずっていた。そこには炎のような純粋な情熱があった。もうキスをしてはいけない。正気を失う危険があるから……。

「危ない！」

突然、テオの力強い腕がエミーの行く手を阻んだ。車がけたたましくクラクションを鳴らして通り過ぎていった。

エミーは息をのんだ。危うく轢《ひ》かれるところだった。ショックで体のバランスを失い、歩道に倒れこみそうになったとき、テオが彼女を抱きとめた。目と目が合ったとき、白いベールが風にあおられて二人を包みこんだ。

青空を背景に黒髪に日差しを受けたテオが瞳を輝かせた。エミーは彼の体のたくましさを感じた。視線がおのずと唇に引き寄せられ、体が震える。

だめよ！

「放して」エミーはもがきながら声を荒らげた。

テオが無言で彼女を立たせ、手を離した。

エミーは頰をほてらせ、次の角にある二階建てのビルを指さした。「あそこよ」

テオに触れないよう気をつけつつ、エミーは祖父の時代からある古いネオンの看板――〈スウェンソン&サンズ・プランミング〉が掲げられた店の前を通り過ぎ、なんの変哲もないドアにたどり着いた。暗証番号を入力すると階段を上がり、家族が暮らすアパートメントに彼を案内した。

「どうぞ」彼女は言った。「着替えるのに一分もからないわ」

「バーナードに電話して居場所を伝えておこう」テオが居間を見まわしながら言葉を切った。

彼の視線を追ったエミーは、狭いものの居心地のいい我が家が急にみすぼらしく散らかって見えるのに気づいた。今朝は結婚式の支度であわただしく、二番目の弟のジョーが寝ていたソファベッドはシーツがくしゃくしゃのまま放置され、弟たちの汚れた服が床に散乱していた。キッチンのテーブルには昨日の夕食のピザの空き箱が山積みにされ、シンクには汚れた食器が積み重ねられていた。

エミーの頰は熱くなった。

「ゆうべは料理する時間もなかったし、いつものように片づける時間もなかったの。ウエディングケーキを作るのに忙しかったから」

「あれは君が作ったのか？　自分で？」テオが濃い眉を上げた。「おいしかったよ」

「どうしてわかるの？」

テオは答えず、あたりを見まわした。「君は家族のために料理や掃除をして、そのうえ家計を支えているんだろう？」

暗に父親を責めていると感じ、エミーは体をこわばらせた。「母が亡くなってから、家族は大変な思いをして――」

「その前だって、給料のほとんどを父親に渡していたじゃないか」エミーがびくりとすると、テオは愉快そうにかぶりを振った。「君が僕のもとで働くことに同意した理由を、僕が知らなかったとでも思っているのかい？」

エミーは恥ずかしくなって身をすくめた。「母の医療費がかさんだの。父は配管のこと以外は何もできないし、弟たちは部屋が散らかっていてもかまわなくて――」

「なるほど」テオが視線をはずし、使い古された家具からぴかぴかに磨かれた窓へ、さらには弟たちが脱ぎ捨てた服の下の古ぼけた絨毯《じゅうたん》へと目をやった。壁には色あせた壁紙をおおうように弟たちの写真や祖父母のモノクロ写真が並んでいる。

エミーはたじろいだ。テオが何を考えているのか想像できたからだ。彼はモデルや名家の娘や王族や映画スターだって選ぶことができたのに、クイーンズ出身の地味で無名の女に求婚せざるをえなくなった。私を妊娠させたことをすでに後悔しているのだろうか？

「ここで待っていて。荷造りしてくるから」エミーはテオに背を向けた。

「それには及ばない。何もいらないよ」

エミーは振り返った。「どういうこと？　結婚したらあなたのペントハウスに住むんじゃないの？」

テオが彼女のウエディングドレスに目をやった。

「それはもう着るつもりはないんだろう？」

「ええ」エミーは答えたが、母親のお古のドレスにけちをつけられたようでむっとした。たとえ自分でも不格好だと思っていたとしても、彼にそう思う権利はない。

テオがうなずいた。「それなら、君が荷造りする必要はない。これからはすべてが変わる。君は僕の妻としてまったく新しい衣装が必要になるだろう」

エミーはきょとんとした。「どういうこと?」

テオがにやりとした。「社交パーティや慈善舞踏会、大統領や王族との晩餐会《ばんさん》で僕の横に控え、世界じゅうにある僕の家で客をもてなしてほしい」

事態は悪くなるばかりだ。エミーはいつも、清潔であれば地味な外見は問題ではないと自分に言い聞かせていた。重要なのはボスであって、自分ではないと。でも、それは秘書だったころの話だ。彼の妻になるなら……。体に震えが走った。私が社交界の花たちと張り合えるわけがない!

テオが顎を撫《な》でながら彼女を見つめた。「君は社交界のリーダーになる。君が流行を作るんだ」

「もしそうなら」エミーは辛辣に言い返した。「次のシーズンの流行は、量販店の最終処分品みたいになるでしょうね」

テオが鼻で笑い、近づいてくると、手を伸ばして彼女の髪を撫でつけた。「これは新しい人生を始めるチャンスだ」彼の黒い瞳が唇にそそがれる。「楽しいかもしれないぞ」

ああ、やめて。二度とあんなことをさせるつもりはないわ。祭壇でテオがしたキスはいまだにエミーの心を揺さぶっていた。歩道で倒れかけて抱きかかえられたときの感触も体を駆けめぐっている。

「すぐに戻るわ」エミーはそう言うと廊下を進んで寝室に入り、ドアを閉めた。

クローゼットよりかろうじて広い程度の寝室の壁には、母親が病気になるずっと前、十代のころに貼ったフランスやギリシアの観光ポスターがまだそのままになっている。古い小説が壁際の書棚に並べられ、そのかたわらには子供のときから大事にしているぬいぐるみがいくつか置かれて、祖母の手作りのキルトがベッドをおおっていた。

エミーは唇を噛みしめた。十年前に時が止まった状態の寝室をテオに見せるわけにはいかない。ベッドの下から古いダッフルバッグを取り出し、アルバム、うさぎのぬいぐるみ、これから生まれてくる赤ん坊のために買ったベビー服など、大切なものを詰めこんでいく。さらに下着と靴下、Tシャツとマタニティ用のショートパンツ、そして靴を何足か放りこんだ。

ウエディングドレスと八センチヒールの白いパンプスを脱ぐと、ほっとして息をつき、ドレスをキルトの上に丁寧に広げた。ドライクリーニングに出してからしまうことにしよう。

エミーはゆったりとしたコットンのサンドレスを着て、サンダルをはいた。それから小さなバスルームでメイクを落とし、シニヨンからピンをすべて抜いて髪を肩に垂らした。

ようやく解放され、また呼吸ができるようになった気がした。

だがそれも、結婚相手のことを考えるまでだった。私が出す結婚の三つの条件を聞いたら、彼はなんと言うだろう？

一つめは、ニューヨークに住むこと。二つめは、私の家族が必要とするものはなんでも援助すること。三つめは、二度とベッドをともにしないこと。二度と！

エミーが狭い居間に戻ってくると、テオは目を見開いた。

あの不格好なウエディングドレスとベールはもうなかった。エミーはシンプルな白いサンドレスを着てサンダルをはいていた。顔はすっぴんで、ダークブロンドの髪が肩にかかっている。彼の視線は不本意ながら、なめらかな肌に釘《くぎ》づけになった。

「迎えはもういい」彼は突然、携帯電話に向かって言った。「自分たちでなんとかする。ドゥカティだけ回収してくれ」

「誰からだったの？」テオが電話を切ると、エミーが尋ねた。五十年は使ってきたようなダッフルバッグを手に持っている。彼はソファを回りこんで近づき、彼女の手からダッフルバッグを取りあげた。

「バーナードだよ。ミッドタウンのトンネルで渋滞に巻きこまれているそうだ」

エミーが小首をかしげてほほえんだ。これであの菫《すみれ》色の瞳が輝いたらどんなに魅力的か想像がつく。

「それで私たちはマンハッタンまでどうやって行くの？　タクシーで？」

「赤の他人が座った不衛生な後部座席に座るのか？」テオは身震いするとダッフルバッグを置き、携帯電話で検索した。

「地下鉄は？　バスは？」エミーが提案した。

「バス」テオが唖然《あぜん》として顔を上げると、エミーはいたずらっぽい笑みを浮かべていた。何ブロックも歩いたり、公共の乗り物に詰めこまれて運ばれたりしたことなど一度もないと彼女は思いこんでいるのだろう。だが、十五歳のときにアテネで路上生活をしていた間は、食べ物や仕事を探して通りを歩きまわったり、バスの最後列や駅のベンチで寝たりしていた。誰にも話したことはないが、あんな経験はもうたくさんだ。テオは再び携帯電話に目を戻した。

「ここから二ブロック先に車の販売店がある」

エミーが鼻にしわを寄せた。「知ってるわ。街の再開発の一環でできたの。近所の人たちは反対したんだけど……どこに行くの？」

「そこまで歩いていくんだよ」テオは予想を裏切る

ことをしたかったのだが、ふと気づき、彼女のおなかに目をやった。「ここで待つかい？　車を買ったら迎えに来るよ」

「二ブロックなら歩けるわ」エミーがそっけなく言った。「あなたが歩けるとは思わなかっただけ」

片手で無造作にダッフルバッグを持ちあげ、テオはにやりとした。「大義のためなら、どんな苦労もいとわない」

にぎやかな通りをテオと並んで歩きながら、エミーは何かを企《たくら》んでいるかのようにまつげの間から彼をちらちらと見ていた。

テオも同じだったが、自分のペントハウスに用意されているはずの婚前契約書にサインするよう、どうやって彼女を説得すればいいのか見当もつかなかった。だが、サインはしてもらわなければならない。

弁護士はきっぱりとそう言っていた。

〝婚前契約書がなければ結婚もありません。わかりますね、ミスター・カトラキス？　ビル・ゲイツやジェフ・ベゾスがどうなったか、もう一度説明する必要がありますか？　ロバート・ロメロは？〟

その言葉を思い出すと、テオはいまだにぞっとした。確かにゲイツもベゾスも婚前契約を結ばず、離婚の際には相当な財産を失ったが、少なくとも結婚生活は長く、妻がその財産を築く手助けをしたのだ。

ロバート・ロメロは違った。独力で冷凍食品帝国を築いた彼は、二十一歳のウェイトレスと結婚したが、新婚旅行から戻るなり、彼女に離婚を切り出された。彼女は弁護士の助けを借りてロメロの財産の大半を奪った。ロメロは恥辱にまみれ、半年後に心臓発作で死んだ。彼が元妻の裏切りに傷ついたのか、財産を失ったことに傷ついたのか、それはわからない。

まだ若い元妻メイ・ベイカー・ロメロは、セントラルパークを見おろす高層アパートメントのペントトハウスに住み、周囲からは中年キラーと呼ばれ、タブロイド紙にもよく登場している。

テオは身震いした。ニューヨークの裕福な独身男性なら誰でもロバート・ロメロの話は知っている。

エミーに婚前契約書にサインさせるにはどうしたらいいだろう？　侮辱されていると彼女に感じさせてはいけないし、結婚をなかったことにすると言いだされても困る。

彼は横目でエミーを見た。

説得するならベッドにいるときだとテオは思った。近くにいようと、何千キロも離れていようと、一年半の間、テオはエミーとベッドをともにすること以外何も考えられなかった。熱い欲望に頭が働かなくなって、リオで致命的なミスを犯したのだ。

おそらくエミーも同じ問題を抱えていたのだろう。あの夜キスをしたとき、彼女は体を震わせ、僕にしがみついた。体を離すと、夢から覚めたような顔でこちらを見あげた。

よし、決まった。ベッドで説得しよう。

十五分ほどして小さな中古車販売店に着いた。テオが一番いい車を選ぶのにかかった時間はわずか五分だった。これならビンテージ車のコレクションに加えられるし、マンハッタンに戻る交通手段にもなる。彼は財布を取り出した。

「だめよ」エミーが言った。

テオは顔をしかめて彼女のほうを向いた。販売員は餌を前にした犬のようにクレジットカードを見つめている。「だめとは？」

「これには乗れないわ」エミーが疑わしげに車高の低いオープンカーを見た。「なんとか乗れたとしても、二度と立ちあがれないでしょうね」

「大丈夫だよ」

「これはなしよ」

エミーとにらみ合いながら、テオはふと、自分がボスだったころを懐かしく思い出した。あのころもときどき言い合いになることがあった。たいていは彼に愚かなまねをさせないために、エミーが断固として意見したのが原因だった。テオの自家用機が緊急修理のためにフロリダに着陸し、退屈しのぎに何千エーカーもの沼地を買いそうになったときも、行きつけのラーメン店が閉まっているのが腹立たしくて、東京に持っている高価な不動産を一円で売りそうになったときも。

よく考えてみれば、ここはエミーの主張を受け入れるべきかもしれない。たとえどんなにいらだたしくても。テオは顎をこわばらせて言った。「君はどれがいいんだい?」

エミーの表情豊かな目が奥の車にそそがれた。

「あれよ」

4

六月の午後ともなると、セントラルパークの南端に立つ豪華な高層アパートメントに到着するころには蒸し暑くなっていた。テオが地味な車を縁石に止めると、ドアマンが顔をしかめて飛び出してきた。

「おい、ここには止められないぞ――」言いかけたところではっとして後ずさった。「ミスター・カトラキス?」

テオが顎を引きつらせ、ぶつぶつと何かつぶやいた。エミーは彼が三年落ちのミニバンを駐車スペースに止めるのを愉快そうに見た。ミニバンを運転したのは初めてに違いない。運転に自信のある男性にとっては試練だったと思うと、笑みがこぼれた。

「それに、ミス・スウェンソン！」ドアマンが車のドアを開け、驚いたようにまばたきをした。さらにエミーのふくらんだおなかを見て、あんぐりと口を開ける。「あの……まだミスとお呼びしても？」

「ええ……」恥じることは何もないと自分に言い聞かせつつも、エミーは頬をほてらせた。

「すぐにそうじゃなくなる」テオが後部座席からダッフルバッグを引っぱり出しながら淡々と言った。「結婚するんだ」

ドアマンが一瞬言葉を失い、それから満面に笑みを浮かべた。「おめでとうございます！　お子さんの誕生も……ご結婚も！」ミニバンを振り返る。「そういうことだったんですね」

テオがますます顔をしかめた。「バーナードにこれの駐車場所を探すように言ってくれ、アーサー」そう言ってキーを投げると、ドアマンが空中でキャッチした。

「あの車をずっと持っているつもりなの？」エミーはテオのあとからエントランスに入りながら尋ねた。

彼が肩をすくめた。「目的にかなっているからね」そこで急にいたずらっぽい笑みを浮かべた。「アーサーにやってもいいな。クリスマスのチップとして気に入ってもらえるだろう」

エミーは笑い声をあげた。テオの善行はいつも衝動的なのだ。「ミニバンを運転するにはちょっと若すぎるんじゃない？」

「それを言うなら僕だって」専用エレベーターに乗りこむと、テオが皮肉っぽく言った。「だが、君があれがいいと言うから。乗り心地はよかった？」

「ええ」エミーは正直に言った。

テオが手を伸ばして彼女の髪を撫《な》でた。「じゃあ、僕たちで持っていよう」

彼の黒い瞳を見あげたエミーは身震いした。エレベーターの冷房のせいだけではない。突然、心の奥底で何かが震えたのだ。彼が自分の好みよりも私の要求を優先して車を選んだからだろうか？　あるいは、髪をやさしく撫でたから？　それとも、彼が〝僕たち〟という言葉をさりげなく使ったから？

なんにせよ、あっさり心を動かされるわけにはいかず、エミーは身をこわばらせて顔をそむけた。やがてエレベーターのドアが音をたてて開くと、外に飛び出した。

天井の高いいくつもの部屋と広々としたテラスがあり、五千万ドルもするテオのペントハウスは、ビルの五十二階と五十三階全体を占めていて、どこも美しく、ひんやりしていた。

玄関ホールのクリスタルのシャンデリアを見あげながら、ひんやりしているのは室温のせいだけではないとエミーは思った。だだっ広い大広間は色彩というものがなく、家具は機能性重視のものばかりだ。内装は昨年、テオの指示でエミーが手配した有名インテリアデザイナーが手がけた。その結果、『建築ダイジェスト』に載せるにはいいが、実際の生活にはまったくそぐわない現代アートの美術館みたいになった。

ここには安らぎがなかった。あるのは、座ると背中が痛くなる固いソファ、グレーと黒の絵の具を散らしたような現代絵画、そして照明もテレビもセキュリティも操作できる最先端技術の装置だけ。

人間味もない。家族の写真もなければ、誰かが散らかした痕跡もない。趣味の道具もない。弟たちの埃《ほこり》をかぶったギターや、積み重ねられた父親のスリラー小説みたいなものも。ペットもいない。隅々まで整頓され、不都合な感情を喚起させるものはいっさいない。テオの好みどおりだ。

私はそんな彼と結婚すると約束した。

急に速くなった心臓の鼓動を静めようとして、エミーは唾をのみこんだ。彼はただのパートナーだ。

もう二度と彼を愛することはない。おなかの子の父親なのだから、少しは気にかけるかもしれない。でも、それ以上の感情は持たない。彼が私のためにミニバンを買ったからってどうだというの？　なんの意味もない。テオにとって、物を買うのはたやすい。彼は心を差し出す代わりにお金を出すのだ。

　少なくとも今朝、私の結婚式に押しかけて、ハロルドの代わりに自分と結婚しろと要求するまではそうだった。

　エミーはテオのバイカーブーツと自分のサンダルがコンクリートの床を打つ音を聞きながら、自分の前を歩く彼の黒いTシャツに包まれた筋肉質の背中に目をやった。ここには秘書だったころに訪れたことがあるだけだ。テオの命令や指示をタブレットに打ちこんだり、メモ用紙に速記したりしながら、執事のウィルソンや住みこみの家政婦のミセス・ヘイヴァーズと協力し、彼の生活をより快適に、ストレスのないものにするために長時間働いていた。

　それが今日は、まるで客のように昼食をとりに来ている。いや、客どころではない。私は彼の子供を身ごもっている将来の妻だ。

　どうしてこんなことになったのだろう？

　ウィルソンが大広間のテラスに面した窓の前で静かに待っていた。

「ミスター・カトラキス、おかえりなさいませ」部屋は完璧に清掃され、七カ月も留守にしていた雇い主がいきなり帰ってきてもなんの問題もなかった。執事が次にエミーに温かい目を向けた。「ミス・スウェンソン、またお目にかかれて光栄です」そこでふくらんだおなかに気づき、一瞬まばたきしてから咳《せき》払いをした。「昼食はテラスにご用意してあります。弁護士から届いた書類と一緒に」

「よし」

「書類って？」エミーは尋ねたが、テオは答えず、目をそらした。「ウィルソン、私もまた会えてうれしいわ」執事にそう言葉をかけると、急いでテオのあとを追ってテラスに出た。

テラスも室内と同じようにほとんど色がなく、手すりは防弾仕様のプレキシガラス製で、セントラルパークとニューヨークの街の景観を眺めることができる。中央には十二人掛けの長いダイニングテーブルが置かれ、白い花と緑の葉でおおわれた蔓《つる》棚に小さな白いライトがからませてあった。

振り返ると、テオがテーブルのそばに立って待っていた。エミーは歩みを速めた。

「ありがとう」テオに椅子を引いてもらいながら、彼女はぎこちなく言った。秘書だったときにそんなことをしてもらった覚えはない。

テーブルに並べられたおいしそうな料理を眺めたエミーは、何から手をつけていいのかわからなかった。大皿に盛られたローストビーフとターキーのサンドイッチは、ミセス・ヘイヴァーズが焼いたばかりのバゲットで作られている。それに、バルサミコ酢のドレッシングであえたベビーリーフと胡桃《くるみ》とブルーベリーのサラダ、揚げたてのフライドポテト、みずみずしい西瓜《すいか》と苺《いちご》が添えられ、デザートには自家製のチョコチップクッキーが用意されていた。

彼女の横に座ったテオがガラスの水差しから水をそそぎ、黙ってグラスを手渡した。

冷たい炭酸水をごくごく飲むと、リフレッシュした気分になった。昨夜、冷めたピザを一切れの半分だけ無理やり食べて以来、もう何時間も何も口にしていなかった。ウエディングケーキの飾り付けに夢中で、食べる暇がなかったのだ。しかも今朝はハロルド・エクルンドとの結婚が大きな間違いではないかと怯《おび》えるあまり、食欲は失《う》せていた。

今、食欲は完全に戻っていた。かりっと揚がったフライドポテトからさっぱりしたサラダ、甘ずっぱいフルーツまで、どれもこれもおいしかった。それからサンドイッチにかじりついた。風味豊かなチェダーチーズとローストビーフが最高においしい。

そこでエミーの視線は、長いテーブルの一番端に置かれた三十枚ほどある書類の束にそそがれた。サンドイッチの最後の一口をのみこむと、彼女は目を細くした。「それは何?」

テオが落ち着き払ってグラスの水を飲み干し、自分の取り皿を押しやった。「婚前契約書だ」

エミーはぽかんと口を開けた。「婚前契約書?」

テオがうなずく。「当然だろう」

秘書として働いていた間、テオが最良の取り引きのために準備を整え、一度も相手にだまされなかったのを見てきたエミーは、婚前契約書を交わすことになるとわかっていたはずだった。だが……。

書類の上には、先が二十四金でできた高価なペンが置かれていた。それはテオがいつも使っているペンで、とりわけ厳しい取り引きだったときには派手にサインをしていた。エミーは口の乾きを覚えた。

テオがほほえむと、白い歯が太陽の光を受けて輝いた。「君は気にしないだろう?」

愛が得られないのであれば、便宜結婚として割り切ろうと、エミーは自分に言い聞かせていた。でも、契約書を交わすとなると、一縷《いちる》の望みもない。テオはすでに離婚を想定している。

「弁護士と話をしたんだ」テオが自分の皿に残った最後のフライドポテトを食べながら何げなく言った。

エミーは顔をそむけ、蔓棚の向こうに広がるセントラルパークの広大な緑と、青空に映える遠くの高層ビルを眺めた。

「エミー?」

「読んでみるわ」エミーは立ちあがって婚前契約書を取り、また椅子に座った。

そして一字一句、注意深く読んだ。多くの裕福な権力者同様、テオも手持ち無沙汰が嫌いだ。携帯電話に視線を落とし、メールを読んだり返信を打ったりしながら、椅子の上でそわそわしている。

エミーはページをめくり、気になる箇所には余白に印をつけながら、ゆっくりと時間をかけて読み進めた。

「よければ弁護士を雇って見てもらうといい」しびれを切らしたようにテオが言った。

「内容が理解できないというわけじゃないの」立ちあがってテラスを歩きまわるテオを尻目に、エミーは静かに書類を読みつづけ、ようやく顔を上げた。

「いいわ、サインしましょう」

テオがすぐにテーブルに戻って腰を下ろし、ハンサムな顔をほころばせた。「よし。ウィルソンに証人になってもらい、判事を呼んで式を挙げよう」

「でも、私にもいくつか条件があるの」エミーは言った。

椅子の背にもたれたテオが足首をもう一方の膝の上にのせ、ほほえんだ。「何かしらはあると思っていたよ」

「ささいなことを三つだけ」

「聞こう」

エミーは深呼吸をした。「一つめ。私たちの主な住まいはニューヨークにしてほしいの」

テオが顔をしかめた。「僕は出張が多い。それは君が一番よく知っているだろう」

「赤ちゃんと私もあなたに同行することもあるでしょう」エミーは冷静に彼を見つめた。「でも、私は子供を一箇所で育てたい。バックパッカーみたいにスーツケース一つであちこちを転々とするような生活はしたくないの」

テオが膝に上げた足を床に戻し、背筋を伸ばした。さっきまでのくつろいだようすは、将来の計画がおびやかされている今、すっかり消えていた。「なぜここなんだ？　なぜアスペンやサンモリッツやロンドンじゃない？」すべて彼の別宅がある場所だ。

「ギリシアでさえないじゃないか。実はそこに新しい家を買ったばかり……」

「あなたがそういう場所に持っている家は我が家じゃないわ」

「僕たちが住めばどこだって我が家になるさ。パリでも、東京でも、シドニーでも、五つ星ホテルでだって幸せに暮らせる」テオが目を上げた。「リオにするか？」

　エミーは身震いした。リオの夜のことは思い出したくない。

「ニューヨークが私の我が家よ」彼女は静かに言い、手の震えを見られないように膝ではさんだ。「家族も友達もここに住んでいる。あなたの友達だって」

　ホノーラとニコのことを思いながらつけ加える。

　テオの顎がこわばった。彼は明らかにいらだっている。秘書だったときのエミーはいつも彼の望みどおりにしていたのだから。

「いいだろう」テオが吐き出すように言った。「二つめの条件は？」

　エミーは顎を上げた。「私が家族を助けることを許可してほしいの。ご心配なく、限度は心得ているから」テオが眉をひそめるのを見て、あわてて言い添える。「今までしていた父の仕事の手伝いと家事だけよ」

「かまわない」端整なテオの顔は冷たく、感情が読めない。「最後の条件は？」

　これが一番むずかしい。エミーは深呼吸をした。

「婚前契約書にある婚外交渉禁止の条項からあなたを解放するわ。あなたは誰とベッドをともにしてもいい」

　テオが息をのみ、目を大きく見開いた。

「なんだって？」彼が言葉に詰まった。「なぜ？」

「結婚は一生続くものだし、そうあるべきよ。そして、あなたに二度とセックスしないでほしいと望むのは無理がある。だから最後の条件は、あなたさえよければ誰とベッドをともにしてもかまわないことにしたいの。私とでなければね」

エミーと二度とセックスをしない？

彼女は正気を失ったのだろうか？

テオは歯を食いしばると、深呼吸をして胸の動悸《どうき》を抑え、冷静な声を出そうとした。「僕が婚前契約書を持ち出したから怒っているんだな」

「いいえ」エミーが言い、白い花が咲き乱れる蔓棚を見あげながら悲しげな笑みを浮かべた。「あなたにはあなたらしくあってほしいからよ」

いつも自分らしくあることに誇りを持とうとしてきたのに、なぜ彼女を失望させた気がするのだろう？　いや、もっと悪いことに、自分自身を失望させた気がするのか？

テオは断固としてその気持ちを脇に押しやった。

「僕が現実的だからって罰するつもりか？　婚前契約とはそういうものだろう。現実に備えるべきものだ」

「どうして私がそんなことであなたを罰するの？」

日差しを受けてダークブロンドの髪が赤みを帯びた金色に輝く。「あなたが離婚を前提に結婚するのはもっともだと思うわ」

テオは奥歯を噛《か》みしめた。「そんなつもりは……」言いかけて気づいた。確かに婚前契約とは、離婚する際に役立つものだ。「僕のような立場の男はこうするしかない。そうでなければばかだ」

「あなたはばかじゃないわ」

「そのとおりだ」

「自分で苦労して稼いだお金を守るのは当然よ。赤の他人になる元妻に、子供を育てたからってそのお金を分け与えなければならないなんて不公平だわ」

テオは危険を察知して戦術を変えた。「じゃあ、君はただ署名を遅らせたいだけなのか？　禁欲の結婚生活だなんてとんでもないことを思いついて」

「遅らせてなんかいないわ。今すぐサインするわよ」エミーはペンで書類に何か書きこむと彼に渡した。「ほら。証人にウィルソンを呼んで」

テオは自分の浮気が原因で離婚する場合にはエミーに数百万ドルを支払うという条項が消されているのを見て、目を見開いた。「これじゃ不公平だ」

「不公平？」

「僕は世界じゅうの女性と寝ても黙認されるのに、君が他の男とキスをしただけで離婚となったら、たとえ結婚して三十年たっていたとしても、一セントももらえないというのか？　不公平だろう」

「それでいいのよ」エミーが穏やかに言った。

「なぜ？」

エミーが肩をすくめた。「私は浮気なんてしないから。私にとって結婚の誓いは神聖なものなの」

僕にとってはそうじゃないとほのめかしているのか？　テオは歯を食いしばった。「だったら、はっきりさせておこう。君は僕に浮気しろと言う一方で、自分は一生貞淑でいるつもりなんだな」

エミーが冷静に彼を見つめた。「ええ、一生」

テオはかっとなって身を乗り出した。「なぜだ、エミー？　わけを教えてくれ」

エミーが膝の上で組んだ手を見おろした。「説明する必要はないわ」

「君は間違っている。僕には知る権利があるはずだ」テオは乾いた唇をなめた。彼女が僕を求めていないわけがない。そうだろう？

テラスを吹き抜ける生暖かい風がテーブルの上の書類をはためかせ、蔓棚の花を揺らした。婚前契約書の数枚がクリップからはずれてテラスに散らばった。書類を拾おうとして、テオは立ちあがった。

彼の頭にあったのは今朝のキスのことだけだった。

そして、リオでの一夜のこと……。

あのときは何週間も開発物件の契約に追われ、テオもエミーも疲れきっていた。訪問先の都市では現場と会議室しか見ていないとため息をついたエミーに、テオはそうでないことを証明しようと決めた。

そこで取り引きを終えたあと、彼女をコルコバードの丘に連れていった。そしてリオの最も有名なシンボル、巨大なキリスト像の下で二人きりになった。

〝きれいね〟エミーが震えながらささやいた。暖かい夜なのに彼女が寒そうにしているのを見て、テオは自分の上着をはおらせ、二人で街の明かりやグアナバラ湾に映る月や点在する島々を眺めた。

そのときふと、ほてった肌に熱帯の風が吹きつけるのを感じた。月明かりに照らされた二人の目が合い、彼は夢の中にいる気がしてエミーに唇を近づけた。

コルコバードの丘の頂でのキス、眼下で星のように輝くリオの街。テオは酔ったような気分だった。

二人は無言で、待機していたセダンに乗ってイパネマ・ビーチのホテルに戻った。その間ずっとテオの頭の中の声は、これは狂気の沙汰だ、やめなければ最高の関係が壊れてしまうと叫んでいた。

というのも、一年半近く一緒に働くうちに、二人はボスと秘書以上の関係になっていたからだ。挫折や成功を分かち合ううち、彼はエミーを友人と思うようになった。

ホテルのスイートルームに着くと、エミーが欲望にかすんだ菫《すみれ》色の瞳でテオを見つめ、唇に舌を這《は》わせた。

〝キスして〟彼女がささやいた。

テオは迷った。自分がボスであることは気にしていなかった。たとえその瞬間に自分の全財産が灰燼《かいじん》に帰したとしても、彼はエミーを奪っただろう。バルコニーから吹きこむ暖かな風がカーテンを揺らす中、テオは彼女を自分のものにした。エミーがバージンだと知ったときには、彼女の腕の中で死んでしまうかもしれないと思うほど純粋な歓喜を味わった。

ある意味で、あのとき彼は一瞬、死んだのだ。

翌朝、エミーは父親から悲しい電話を受け、急遽《きゅうきょ》帰国した。葬儀がすんだら戻ってくるとテオは思っていたが、エミーは電話をかけてきて、二度と戻らないと言った。

リオでの出来事以来、テオはどんなに美しい女性にも興味が持てなくなった。あの禁断の夜に秘書の腕の中で知った輝かしい喜びを与えられるスーパーモデルや女優がいるだろうか？

今、テオの視線は不本意ながらもキューピッドの弓のようなエミーの唇に、サンドレスの襟ぐりからのぞく胸のふくらみにそそがれ、体は欲望で張りつめていた。

それなのに、エミーは僕を拒もうというのか？　僕を他の女性の腕に押しつけたいのか？

「どんな理由があるにせよ、君が僕を求めていないなんてありえない」テオは声を荒らげて言った。

エミーが椅子の上で身じろぎした。蔓棚の葉が彼女の顔に影を落としている。

「私が求めているかどうかが問題なんじゃないわ」

「じゃあ、何が問題なんだ？」

エミーが立ちあがってテラスの手すりのほうへ歩きだした。テオも席を立ち、彼女のあとを追った。

「エミー」彼はやさしく呼びかけた。「どうしたんだ？」

エミーがくるりと振り向いた。「怖いのよ」

「怖い？」テオは愕然《がくぜん》とした。「何が？　僕が？」

「怖いのは……」エミーが視線を上げた。「もしまたあなたとベッドをともにしたら、私の心は壊れてしまうかもしれないってこと」

テオはショックを受けて後ずさった。「僕のことを……愛しているなんて言わないでくれよ」

「わかってる」エミーが目をそらした。「そんな愚かなまねはしないわ」

テオはほっとして息を吐き出し、低く笑った。

「君が賢いことはわかっている。それに君は現実主義者だ。感情に振りまわされない。僕が秘書になってくれと頼んだときに自分が言ったことを覚えているかい？」

エミーは一緒になって笑いはしなかった。「あなたを好きになるなんてありえないと言ったのよね」

「そんな君の心をどうやって壊すことができる？」

エミーがサンダルに視線を落とした。「あなたが一人の女性と長くつき合うことができないのは、私たち二人ともわかっている。何かに縛られることに耐えられないあなたが、一人の女性に一生誠実でいられるわけがない。一方の私は、どんなに現実的であっても、誠実でない男性の恋人にはなれないわ」

そこで彼女が顔を上げた。「私が傷つかない唯一の方法は、二度とあなたとベッドをともにしないこと。私たちがただのパートナー、友達でいられるなら問題はないわ」

テオは全身を震わせながら彼女を見つめた。「僕が誠実でいられるわけがないだって？」

エミーが目をそらしてかぶりを振った。いつも生き生きとしている彼女の顔には皮肉な表情が浮かんでいる。「秘書として働きはじめる前から、あなたがプレイボーイなのは知っていたわ。そんなあなたを手なずける女に私がなれるわけがないでしょう」

そう言って着古したサンドレスや安物のサンダルを見おろす。「私を見て。そして自分を見て」

テオは落ち着きなく身じろぎした。彼女の言葉は的を射ている。僕は決して身を固めたいとは思っていない。いや、それどころか、そうなることを積極的に避けている。女性にとって魅力的な自分の外見を、欲しいものを手に入れるための道具として利用してきた。だが、この顔は会ったこともない父親と思い出したくもない母親から授かったもので、自分の努力の賜物《たまもの》ではない。

体のほうは努力の賜物だ。ジムに頻繁に通い、鍛えている。ただ、それはストレスを解消するためだ。あるセラピストが言っていた。運動は体をリラックスさせ、心を落ち着かせるのに役立つと。そのセラピストのところには二度と行かなかった。触れられたくない部分まで探られるのがいやだったからだ。疲れ果て、汗まみれになるまでパンチングバッグを打つのは効果があった。二日酔いさえ気にしなければ、酒を飲むのも役に立った。

最高の気晴らしは仕事だった。リオでのあの夜までは、一日のストレスや心の空虚感をやわらげるのに、どんな薬物よりも頼りになる唯一のものだった。

だが、エミーとの一夜がすべてを変えた。人生でただ一度、テオは深い歓喜の中で、忘れたいものを本当に忘れることができた。

そんなエミーが僕を拒むというのか？　僕の妻として家庭を築き、僕の子供を育てる一方で、僕を拒絶し、他の女性の冷たい腕に押しつけようとしているのか？

「君は間違っている」テオは低い声で言い、エミーと目を合わせた。「僕は誠実でいられる。実際そうしてきた」

エミーが唾をのみこんだ。「何を言ってるの？」

テオはエミーに近づき、抱き寄せた。「二人で過ごしたあの夜以来、女性とは関わりを持っていない。ここで君に誓うよ。もし僕と結婚してくれたら、君は僕の生涯で最後の女性になる」

5

キャンドルの光がテラスを照らす中、エミーは深呼吸をして暖かい夜気の中に足を踏み出した。二回めの結婚式が執り行われようとしている。だが、前回とはまるで違う。テラスの向こうには街の明かりがダイヤモンドのようにきらめき、頭上には黒いベルベットに置かれた真珠のごとく月が輝いていた。

エミーと腕を組んでいる父親は目を潤ませている。デザイナーズスーツに身を包み、花婿から贈られた新しいゴールドの腕時計をつけて、見違えるようだ。

エミーもドレスアップしていた。膝丈のシンプルなシフトドレスは、今はやりの〝主張しない贅沢《クワイエット・ラグジュアリー》〟の手本のようだ。髪はエレガントなシニヨンに結われ、ベールの代わりに大きな白い薔薇《ばら》で飾られていた。メイクは控えめで、耳につけた真珠のイヤリングのほうがよっぽど目立つ。もっともそれも、左手の薬指にはめたエメラルドカットのダイヤモンドの婚約指輪ほどではないが。

父親とともに五十人ほどの招待客が立って見守っている横を通り過ぎるとき、エミーは頬が熱くなった。テオはこの街で最も報酬の高いウエディングプランナーを雇い、四日間でささやかだが優雅な式の準備をするよう依頼した。するとプランナーは、エミーがいまだに思い出すだけでもたじろぐほどの金額を要求した。ダウンタウンの裁判所へ行けば簡単にすむことに大金を費やすのは無駄だが、テオ・カトラキスは常に自分の望みどおりにする。

エミーと父親の前を歩いているのは、カリブ海から戻ってきた親友のホノーラ・フェラーロだ。手には茎の長い白い薔薇を一輪持っている。エミーのエレガントなブーケとおそろいだ。プランナーの説明によれば、白い薔薇は調和を意味するという。今日のエミーは、得られる幸運はすべて手に入れたかった。

この四日間は、結婚式の準備とドレスの試着とケーキの試食でてんやわんやだった。テオはすべての費用を負担しただけで、自分はオフィスで仕事をしていた。でも、あと数分もすれば、二人は誓いの言葉を交わし、私はミセス・カトラキスになって、新しい居場所を手に入れる。

エミーはハープの演奏に合わせてテラスを横切った。四人の弟たちは父親と同じデザイナーズスーツを着こみ、いつになく洗練されて見えた。家族はみんな、四日前のハロルド・エクルンドとの結婚式よりもはるかに興奮していた。エミーは内心、家族はテオに買収されたのではないかと疑っていた。

でも、それなら私は家族よりましなの？

おなかの子供のためにテオと結婚するのだと、エミーは固く自分に言い聞かせた。二人の結婚は子供のために安定した家庭を築くのが目的だ。それさえ達成できれば、テオの財産なんてどうでもいい。巨万の富が人を幸福にするという保証は何もないのだ。私が見る限り、お金がテオに大きな喜びを与えたことはない。それでも彼は成功を追い求めている。

私はお金目当てに結婚するわけじゃない。結婚にはお金より大事なものがある……。

花婿が判事と付添人のニコとともに蔓《つる》棚の下で待っているのが目に入り、エミーは身震いした。三人の後ろにはニューヨークの街が月明かりを受けて輝いている。

テオが黒い瞳をこちらに向けた。完璧なまでに体にフィットしたオーダーメイドのタキシード姿だ。エミーはその男らしい魅力に目を奪われた。鼻が少し曲がっていることさえ彼をよりエキゾチックに、力強く、人とは違う存在に見せている。

胸がどきどきしてきた。

テオに求められているのと同じくらい自分も彼を求めているのに、いつまでベッドから遠ざけておけるのか、エミーはわからなかった。今もテオを見ているだけで体が熱くなってくる。口紅の味がするまで、自分の唇をなめていることにも気づかなかった。

私は彼を求めている。

何年も前のホノーラとニコの結婚式では、エミーとテオがそれぞれ花嫁と花婿の付添人を務めた。ハンサムな億万長者のテオとは正反対に、彼女はぽっちゃりした労働者階級の娘で、美しくもなければ洗練されてもいなかった。それでもエミーは彼に強く惹《ひ》かれていた。そして何年もの間、その思いを隠してきた。

今、テオは私のものになる。

いいえ、彼はすでに私のものだった。小さな命を授かった夜以来、彼に他の女性はいなかった。プレイボーイが一夜限りの相手に誠実である必要はなかったのに、彼は私だけを求めていた。それを知っては、抵抗できるわけがない。

〝君は現実主義者だ。感情に振りまわされない〟テオはそう言っていた。

夫とのセックスを、心にじゃまされずにただ楽しめたらいいのに。でも、それは本当の私ではない。だったら抵抗しなくては。欲望に負けたら、また夫に恋してしまうから。夫が愛を返してくれないと知りながら。

そして私は自分を見失ってしまう……。

蔓棚の下に着くと、父親はエミーの手をテオに預けた。テオが大きな手でその手を包みこむ。彼女は花婿の険しい顔に白いキャンドルの柔らかな光が揺れるのを見た。

誓いの言葉が交わされ、花婿の指にはシンプルなゴールドの指輪、花嫁の指にはダイヤモンドの婚約指輪と同じプラチナの指輪がはめられた。判事の言葉は宗教的なものではなかったが、二人の人生が永遠に結ばれたと宣言された瞬間は厳粛そのもので、エミーは息をのんだ。

それから判事がにっこりした。「花嫁にキスをしていいですよ」

周囲で見守る招待客たちが手をたたいて歓声をあげ、その声がきらめく街の暖かい夏の夜気に響き渡る中、テオはエミーにキスをした。

彼の唇が唇に触れたとき、エミーは震え、自分は身も心もすでに彼に奪われているのではないかと急に怖くなった。

終わった。僕はやり遂げた。二人は結婚したのだ。もう逃げられない。

判事が二人を夫婦と宣言したあと、テオは短いキスを終わらせ、拍手と歓声の中で花嫁を見おろした。

エミーの瞳は、まわりのキャンドルよりも、街の明かりや夜空の星よりも明るく輝いていた。だが、テオは彼女の表情に何かを見た。悲しみに似た何か、苦悩に満ちた疑念のようなものを。

テオは胸が締めつけられるのを感じた。

「おめでとう」ニコがテオの肩をたたいて言った。

今日、ぎりぎりまでオフィスで過ごしてペントハウスに戻ったとき、テオは寒さと息苦しさを感じ、自分が何かに冒されているのではないかと思った。

恐怖だ。僕は恐怖に冒されているのだ。

エミーはもちろん、僕が不安を抱いていることなど知らない。彼女には言えない。結婚式を控えた二人の絆《きずな》は、僕が不安を口にするまでもなく、すでに揺らいでいるのだから。

永遠に愛し、大切にする？　僕は何を考えていたのだろう？　誰もそんなことは約束できない。人生は厳しく、不確かなものだ。

誠実さは？　この七カ月間、エミーに誠実でいるのは簡単だった。他の女性を求めたことはない。だが、どうすれば決して心変わりしないと約束できるだろう？　もし気が変わったら？

あるいは、エミーが心変わりしたら……？

その瞬間、テオは汗をかいていることに気づき、やみくもに携帯電話を手に取った。専属パイロットに電話して地球の反対側に飛ぶ手配をしてくれと頼みそうになった。しかし、そんなことはできなかった。生まれてくる息子を見捨てることはできない。自分自身が幼いころに経験したことを思えば。

だから代わりに、エミーを除けば唯一の親友であるニコ・フェラーロに電話をした。彼も似たような経験をして、妊娠させた相手の祖父に半ば脅されるようにして結婚したのだ。

だが、ニコの結婚式の前に自分自身がしたように、急げばまだ逃げられると親友にけしかけられることをテオがひそかに期待していたのなら、期待はずれに終わった。ニコは話を聞き、ホノーラと結婚してどんなによかったかを語った。結婚生活が自分を成長させたこと、彼女や子供たちのいない人生など考えられないことを。

ニコにとってはとてもいいことだ。だが、若いときから世の中の裏側を見てきたテオには、おとぎ話のような幸せなどどうてい信じられなかった。善が常に悪に勝つとか、愛が永遠に続くとか、家族が最後まで愛し合い守り合うとかいう話など。

この過酷な人生を生き抜く唯一の方法は、強く、孤独であることだ。

ただ、それがわかっていても、テオは子供を見捨てることができなかった。だから結婚式を挙げたのだ。誓いの言葉を口にするため、彼はありったけの意志の力をかき集めた。

招待客に顔を向けたときにはもう式は終わっていた。そして、花嫁の不安げな目を見て、人生最大の過ちを犯したのではないかと思った。

ニコの妻、ホノーラが二人をにこやかに見つめていた。「私たちの親友二人が結婚？　夢みたい」

「エミーのおなかの子の父親がおまえだったなんて、いまだに信じられない。彼女がリオの男に妊娠させられたとおまえに言ったとき、そんな可能性は頭をよぎりもしなかったよ」ニコがそう言って笑った。

エミーが顔を赤らめた。「なりゆきだったのよ。こんなことになるなんて思ってもいなかった」

「なりゆきね。僕たちにもわかるよ」ニコがエミーよりも真っ赤になった妻をいとおしげに見つめた。

「考えてみて。私たちの子供たちは一緒に成長するのよ」ホノーラがウエディングドレスがしわにならないよう注意してエミーを抱きしめた。「二家族で休暇を過ごすこともできるわね。南フランスやイタリアやギリシアとかで……」

「ギリシアはテオが反対するだろうが」ニコが気遣わしげにニコを見た。

エミーとホノーラが驚いてテオを見た。

「そうなの？」エミーが尋ねた。

「ギリシアが嫌いな人なんているわけないじゃない」ホノーラが言った。

テオは平静を装った。「実は最近、ギリシアの島に不動産を買ったんだ」

テオの過去を多少は知っているニコが驚いた顔をした。「そうなのか？」

二人を祝福するために待っている他の招待客たち、エミーの家族や隣人、そして自分の知人や仕事の関係者などがおおぜいいるのを見たテオは、式をできるだけ早く終わらせたくなった。そこでエミーの手を取った。「ダンスをしよう」

「名案だ」ニコがすぐに妻を腕に抱いた。

ホノーラの瞳がうれしそうに輝く。

エミーはダンスにあまり乗り気ではないようだ。

「もう？　みんなに挨拶もしていないのに――」

「僕たちがしたいことをすればいいんだ」テオはそっけなく言った。〝僕たち〟というより〝僕〟だが。ウエディングプランナーはがっくりしているに違いない。まだカクテルやオードブルも配られていないし、ケーキも出ていない。シャンパンで乾杯さえしていない。

月明かりの下、エミーを即席のダンスフロアに導きながら、テオは不規則な鼓動を無視しようとした。しかし音楽が始まり、彼女を腕に引き寄せたとき、再び息ができるようになった。

エミーを抱き、彼女の体が押しつけられると、テオの耳鳴りはやみ、パニックもおさまった。

エミーが目を輝かせ、口元をほころばせて彼を見あげた。「本当に結婚式が嫌いなのね。自分の結婚式でさえも」

〝とくに自分の結婚式は〟とテオは言いたかったが、エミーの気持ちを傷つけたくなくて黙っていた。

代わりにそっけなく言った。「式の直前に電話があったんだ。オフィスに行かないとならない」

「わかったわ」エミーがため息をつき、ダンスフロアの端からこちらにほほえみかけている父親と弟たちをちらりと見た。「私の家族に何をしたの？　みんな私よりあなたのことを愛しているみたい」

テオはそっけなく言った。「家族を助けたいと言っただろう」

エミーがまっすぐに彼を見つめた。「ええ」

「だから配管工事に必要な設備投資の資金や、弟たちの大学や専門学校の学費、自立を望むなら家賃も出すと申し出たんだ」

「そんなことを？　父はなんて言ったの？」

「君を幸せにすると約束してくれと」テオは手短に言った。もう一つの約束は守れるかどうか自信がなかった。心臓の鼓動がまた不規則になった。

「二人とも、いいパートナーになれるように努力しましょう」エミーが硬い声で言い、ダンスフロアで熱く抱き合っているホノーラとニコを少し切なそうに見やった。

テオはエミーを見おろした。月明かりに照らされた新妻は息をのむほど美しかった。髪に挿した白い薔薇が彼女をラファエル前派の絵画に描かれた中世の乙女のように見せている。

彼の視線に気づき、エミーの顔に不安がよぎった。

「どうかしたの？」

ありがたいことにちょうど音楽が終わり、答えなくてすんだ。テオは彼女の手を取り、ダンスフロアから連れ出した。

そのあとは時計を見ながら、必要なときにはほほえみ、祝福されたときには礼を言った。パリにいるソフィアにはビデオメッセージを送って、近いうちに会いに行くと伝えた。それが、今日の結婚式に出席させなかった彼女に対してできるせめてものことだった。ソフィアは電話の向こうで泣いていた。

だが、距離を置くのはソフィアのためだった。なぜ彼女はそれがわからないのだろう？　僕は彼女の人生をだいなしにしてしまったのに。

それ以上ソフィアのことを考えるのはやめ、テオは乾杯に先立つエミーの挨拶を聞くことに集中した。彼女はテオの仕事中毒ぶりをからかって客を笑いの渦に巻きこんだが、同時に彼への深い尊敬の念を示すことも忘れなかった。おかげで皆がシャンパンのグラスを掲げて乾杯をしたときには、テオは感動を覚えていた。ただ、居心地の悪さのほうが大きかった。自分が称賛に値しないことを知っていたからだ。

だから彼は自分の挨拶のときにはただグラスを掲

げ、花嫁を見つめて言った。「君に！」

いつもは最も忠実な友人であるニコでさえ、テオのウイットのなさに少しあきれたようすだった。

エミーの愛らしい顔には失望が浮かんでいた。僕が彼女を失望させるのはこれが初めてではないし、間違いなく最後でもないだろう。

「そろそろ出ようか」皆がまだ飲み物を飲んでいるとき、彼は声を低めて言った。「オフィスに行かないと」

エミーが眉をひそめた。「誰かに頼めないの？」

「自分で片づけたいんだ」

「まだケーキも切っていないのよ。街で一番の店から取り寄せたのに……」そこでエミーは彼の顔を見た。「でも、いいわ。行きましょう」

エミーの突然の譲歩に、テオはまばたきをした。彼女は僕の顔に何を見たのだろう？　心を見透かされたようでいやだったが、望んだとおりになるならそんなことはどうでもいいと自分に言い聞かせた。

ここからさっさと逃げ出したい。

テオは執事に指示を出した。それから五分もしないうちに二人はライスシャワーを浴び、友人たちに冷やかされながら車に向かった。

「そんなにいそいそとハネムーンに行くカップルは見たことがないな！」

しかし、二人がロールスロイスの後部座席に乗りこみ、バーナードがマンハッタンの平日深夜のすいた通りに車を走らせると、急に静けさが気になった。テオがこの場所に本社を置いたのは見栄《みえ》のため、自分がどれほど成功したかを世間に示すためだった。だが、本当にそうだろうか？

大人になってからずっと、テオは自分の感情を抑えこんできた。しかし、今はなぜかその感情が胸の中で激しく渦巻いていた。

エミーと目が合ったが、彼はすぐにそらした。

いつもなら、疲れ果てて何も感じなくなるまで仕事に没頭していただろう。しかし、結婚式から新婦を連れ出しておいてそんなことはできない。車から降りて十キロ走ることもできない。

気をまぎらす方法が一つだけある。

テオの視線はエミーの胸のふくらみにそそがれた。二人はもう結婚したのだ。エミーが本気で二人の結婚を名目だけのものにするつもりだとはとうてい思えない。リオで彼女は僕と同じように楽しんでいた。ということは、嘘《うそ》をついて僕より優位に立とうとしているのか、それとも何か他の理由があって嘘をついているのかの、どちらかだろう。いずれにせよ、ハネムーン先に着くまで待ちきれない。ありがたいことに自家用機にはベッドがあるから……。

ミッドタウンでいったん車を降りると、テオはできるだけ早く用事をすませようと急いでオフィスビルに入った。ウエディングドレス姿のエミーがあとに続く。彼は警備員に挨拶し、警備員が二人の服装を見てほほえんだ。

「おめでとうございます、社長」

テオは礼を言うと、上階に向かった。

社長室は広く、天井が高く、高価なデスクがあった。テオの会社は世界じゅうの都市に支社を構えているが、ここニューヨークが本社だ。彼はモノクロのジャクソン・ポロックの絵の後ろに隠された金庫の鍵を開け、十センチ四方ほどの小さな包みを取り出した。手が少し震えていた。

エミーが部屋を見まわして小さく笑った。「私がいたときから、ずいぶん変わったのね」

高い窓から差しこむ月明かりがウエディングドレスと髪に飾られた白い薔薇を照らした。瞳を輝かせた彼女はまるで天使のようだった。僕にはふさわしくない天使だ。白いシルクに包まれた豊かな胸とふくらんだおなかに目を向けると、体に震えが走った。

自家用機が止めてあるテターボロ空港まで待てない。

テオは今、エミーを求めていた。

金庫に鍵をかけ、絵をかけ直して、小さな包みを上着のポケットに入れた。それから部屋を横切って彼女の前に立った。

エミーが目を上げ、かすれた声で言った。「テオ――」

だが、テオは反論も言い訳も聞きたくなかった。正しいことをするため――彼女と結婚するために、すべてを我慢したのだ。その見返りが欲しかった。

テオはエミーを腕に引き寄せ、キスをした。結婚式でしたような軽いキスではない。激しく貪欲なキスだ。エミーがあえぎ、一瞬ためらうのがわかった。テオは彼女を抱く腕に力をこめた。すると、エミーが彼と同じくらいの激しさでキスを返した。

ベッドが必要だ。いや、デスクでいい。一年以上一緒に仕事をしながら、秘書の美しさに気づくまい、彼女に惹かれまいと誓っては、その誓いを破っていたことを思い出す。そうだ、エミーをデスクに横たえて……。

テオはエミーの胸を両手で包み、キスを深めた。ブラジャーの中に手を差し入れて、てのひらに肌のぬくもりを感じながら、胸の先を指で撫《な》でる。次に彼女の唇から唇を離し、片方の胸の先、さらにもう一方の胸の先を味わった。エミーのうめき声が耳に入ると、高まる欲望に全身が激しく震えた。今すぐ彼女を手に入れなければ。テオはエミーをデスクに座らせると、ウエディングドレスの裾をまくりあげて白いレースのショーツに手を伸ばした。

「やめて」エミーが声を絞り出した。「だめよ!」

そして乱暴にテオを押しやった。彼は驚いてよろめいた。しばらくの間、二人は見つめ合った。

「あなたとはベッドをともにしないと言ったでしょう。あれは本気よ」エミーはデスクからすべりおりると、彼を一瞥《いちべつ》することもなく部屋から出ていった。

テオは誰もいないドア口を見つめた。心臓はまだ欲望に高鳴っている。

エミーを誘惑するには予想以上の努力が必要だ。

テオは深呼吸をし、両手をデスクについた。彼女がたまらなく欲しかった。

なんとしてもエミーを手に入れよう。これからハネムーンが待っている。妻を誘惑することが今や僕の唯一無二の目標だ。

そのためにはとことん冷酷になってやる。

6

エミーはブルーの鎧戸《よろいど》を開け放ち、窓から顔を出して、潮気を含んだ空気を吸いこんだ。

ギリシアの小さな宿を囲む白い塀の向こうには、朝日を浴びて輝くサファイア色のエーゲ海が広がっていた。湾内には漁船が停泊し、水平線にはヨットの姿が見える。私たちを迎えに来たのだろうか？そうでないといいのに。

この静かな村は、ミコノス島やサントリーニ島から遠く離れたライラ島にある。岩だらけの小さな島のフェリーの便は限られており、ナイトクラブも大規模リゾートもない。一つあるだけの村にはこぢんまりした宿や静かなビーチ、港を見おろす食堂《タベルナ》などが点在している。港には、無精髭《ひげ》を生やして帽子をかぶった漁師たちが錆《さ》びたボートで捕れた獲物を運んでくる。その光景はすばらしく、喜びで胸がいっぱいになった。

宿の主人の妻はこの部屋をハネムーンスイートとおおげさに呼んでいたけれど、確かにそうかもしれない。新婚夫婦は狭いベッドでくっついて寝るのが本望だろうから。まだ眠っている夫を見て、エミーの心は乱れた。昨夜、二人は一緒に寝たのだ。

ただ眠っただけよ。

エミーはニューヨークでかろうじてテオを拒んだ。彼を求めていながら拒絶するのは何よりつらいことだった。でも、テオに屈することはできない。人を愛することのできない男性に体を捧《ささ》げても、心が血を流すだけだとわかっている。

運転手付きの車にニューヨーク郊外の空港まで送られ、テオの自家用機に乗りこんだとき、エミーは固唾をのんで彼の反応をうかがった。テオは沈黙で私を罰するのだろうか？　結婚の誓いをあきらめて、もっと従順な女性に乗り換えるのだろうか？　それとも、逃げ場のない私を機内の白い革張りのソファでまた誘惑する？　もしそうだとしたら、正直なところ、いつまで抵抗できるかわからない。

しかし、テオは予想外の態度に出た。エミーを罰することも、肉体的な優位を見せつけることもなく、友人のようにふるまったのだ。

テオはエミーを気遣い、彼女が好きそうな食べ物や飲み物を客室乗務員に頼んだ。テオが結婚式用の服から普段着に着替えようと提案したとき、エミーは身構えたが、色あせたTシャツとスウェットパンツに着替えて奥の部屋から出てきた彼を見てほっとした。テオはただ私に快適に過ごしてほしいだけなのだ。だからまだ少し緊張しながらも、通っていたコミュニティカレッジのロゴが入ったパーカーとレギンスに着替えた。

二人は炭酸水を飲みながらオードブルの盛り合わせをつまみ、そのあとソファで映画を見た。満腹になったエミーは映画の途中で眠ってしまった。大西洋の上空で目を覚ますと、テオも隣で寝ていた。

昨日、自家用機はパロス島に着陸し、二人はそこからスピードボートでライラ島に到着した。目を閉じると、顔に降りそそぐ太陽の光と髪をそよがせる風を感じた。

〝ヨットは明日までアテネに停泊しているから、今夜はここの宿に泊まるしかない〟

テオの申し訳なさそうな顔を見たエミーは不安になった。ライラ島はすっかりさびれていて、宿というのは古ぼけた羊飼い小屋なのでは？

だが、違った。海辺の村は魅力的で、人々は親しみやすく親切だった。夫の腕に抱かれて熟睡し、彼より十分早く目を覚ましたエミーは、生まれ変わったようなすっきりした気分になっていた。

テオはただ私を抱いていてくれた。

この結婚はうまくいくかもしれない。

二人の関係が友情に基づいている限りは。

しかし、狭い部屋の小さなダブルベッドを振り返ったとき、エミーは友人同士であることを忘れ、テオの日焼けしたたくましい体に視線を這《は》わせずにいられなかった。ジムで鍛えた胸や腕や腿に朝日が当たり、筋肉がくっきりと浮かびあがっている。

テオはボクサーパンツしか身につけていなかった。今朝、彼は日の出とともに起き、静かに服を着て出ていった。やがて戻ってくると、シャワーを浴びた。床に残されたTシャツやショートパンツやランニングシューズから察するに、走ってきたに違いない。

何がテオを駆りたてているのだろう？　超人的な長時間労働であれ、ごく短い睡眠のあとのランニングであれ、なぜそこまで体を酷使するのだろうか？

エミーの視線は固い筋肉におおわれた胸から六つに割れた腹筋へ、さらにその下へと移っていった。

「おはよう」

テオの低くけだるい声に、エミーは頰を熱くしてさっと目を上げた。彼は愉快そうな笑みを浮かべていた。明らかにこちらがテオの半裸の体を見つめていたのに気づいている。

「おはよう」エミーは震えながら、テオが手を差しのべてベッドに呼び寄せるのを待った。私は抵抗できるだろうか？

だが、彼は体を起こしてほほえんだだけだった。

「腹が減ったよ。朝食にしないか？」

エミーはほっとしてほほえみ返した。「大賛成……」そのときテオがベッドから下りたせいで全身が目に入り、喉が詰まった。彼の足首の傷跡はカーレース中のエンジン火災によるものだと聞いている。スーツケースをあさる彼の力強い背中を見ていると頰が熱くなり、彼女は目をそらして窓の外の海を眺めた。

「行こう」麻のシャツとカーキ色のショートパンツ姿になったテオが無邪気な笑顔を見せた。

ああ、どうしてつい彼の唇を見てしまうの？エミーは唾をのみこんだ。「ええ、行きましょう」

階下のテラスに向かう間も、頰のほてりはおさまらなかった。

エミーは昨日村で買ったゆったりとしたブルーのコットンのサンドレスを着て、髪はシンプルなポニーテールにしていた。いかにもハネムーンに訪れた新婚カップルに見えるだろうが、二人がベッドをともにしていないことは誰も知らない。宿の主人がテオに話しかけ、流暢《りゅうちょう》なギリシア語が返ってきて喜んでいるのを見ながら、彼女は唇を嚙《か》んだ。

カフェイン抜きのコーヒーを飲みながら、遅れて朝食にやってきた他の客たちを見まわした。誰もが情熱を交わしたあとの充足感に満ちているように見え、エミーの胸は羨望に締めつけられた。

「ハネムーンがこんなふうになってしまってすまない」エミーは目を見開いて夫に向き直った。胸の内を見透かされたの？　するとテオがブラックコーヒーを飲みながら、穏やかな笑みを浮かべた。「ヨットの到着が遅れたばっかりに」

「かまわないわ」エミーはほっとして応じた。「ここが気に入ったの」テオが疑わしげに黒い眉を上げるのを見て、説明する。「ライラは今まで見た中で一番美しく魅力的でくつろげる場所よ」

朝食を運んできた宿の主人が立ち去ると、テオがちらりと目を上げた。「君がそう言うなら」

エミーはバターたっぷりのペストリーをかじり、至福の味わいに目を閉じた。「ライラが嫌いなら、どうしてハネムーンにここへ来たの？」

テオの目に複雑な表情が浮かんだ。「ハネムーンが始まるのはヨットに乗ってからだ。ここに立ち寄ったのは、その前にすませなければならない不愉快な用事があるからだよ」

不愉快な用事？　エミーは二つめのペストリーを喉に詰まらせるところだった。甘いコーヒーで流しこむと、口をぬぐった。「私はここで幸せよ」

「ここで幸せな人なんていない」

テオはこの島をよく知っているのだろうか？　エミーは顔をしかめ、秘書だったころに彼が何かギリシアについて話していたことがあったか思い出そうとした。しかし、一度もなかった。

「用事って何？」エミーは単刀直入に尋ねた。

テオの表情が硬くなった。「君には夢のようなハネムーンがふさわしい。サントリーニ島で友人がパーティを開いてくれることになっている。華やかな会になるはずだ。それからミコノス島へ行こう」

「華やかな会……」エミーはため息をついた。

テオが唇をゆがめた。「君のトランクの中の服に気づかなかったのかい？」

ギリシアに到着したあと、テオからエミーの新しいイニシャル、E・S・Kが刻まれたルイ・ヴィトンのトランクを贈られた。その中にはカクテルドレスやリゾートウエアなど、明らかにスタイリストが大金をかけてそろえたとわかる妊婦にふさわしいデザインの服が詰まっていた。トランクはまだ港に保管され、ヨットに積みこまれるのを待っている。

そのときエミーはタグにつけられた値札を見た。プラダのビーチウエアは二千ドルだった。信じられない！　ニューヨークに戻ったら、全部スタイリストに返品しようと心に誓った。たとえ夫がとんでもない大金持ちだったとしても、こんな贅沢《ぜいたく》が許されていいわけがない。

昨日の午後、テオと村の石畳の道をぶらぶら歩いていたとき、エミーは十ユーロのビーチコートと十二ユーロのサンドレスを見つけた。今着ているのがそのサンドレスだ。彼女は自分の手を見おろし、神経質にダイヤモンドの指輪を回した。「サントリーニ島とミコノス島に行くのはやめて、ずっとこの島にいない？」

「そう言ってくれるのはありがたいが、ここはひどい」テオが宿の外観を見まわした。昨日からエミーは携帯電話でこの宿の写真を数えきれないほど撮っていた。「もっといいところに泊めたかったのに」

エミーは眉をひそめた。ひどい？　彼は私と同じものを見ているのかしら？

この島でエミーは喜びしか感じなかった。それがなぜかはわからない。生まれて初めて経験する休暇だからだろうか。家族のために料理や掃除をすることもなく、オフィスで数字を計算することもない。誰かに仕える必要もなく、どこかへ急ぐ必要もない。ただ好きなことができる。気まぐれに村を散歩し、日当たりのいい窓辺で丸くなっているかわいい猫や凧《たこ》を揚げている子供たち、羊の群れを連れた老人などにでくわしては歓声をあげる。ここは彼女にとって天国だった。

テオにとってもそうだと思っていた。だが振り返ってみると、テオはただエミーについてきただけで、幸福感を分かち合ってはいなかった。むしろ彼はここでは無名の存在であることに徹しているかのようだった。自己紹介もせず、人目を避け、金持ちのアメリカ人旅行者を意図的に演じていた。

テオは隠そうとしているが、ここに到着したときから緊張していたに違いない。夜明けに彼がランニングに出かけるのを見て、もっと早く気づくべきだった。それが彼のストレス解消法なのだから。

エミーは唾をのみこんだ。「用事ってなんなの？どうしてこの島が嫌いなの？」

テオがそれには答えず、目をそらした。「ヨットのエンジンの修理が予想以上に長引いたが、今夜は船上で寝られる」

エミーは小さな漁船の向こうから港へ近づいてくる巨大なヨットに気づいた。「あれがそう？」

「そうだ。やっと着いた」テオがためらった。「言ったとおり、今日はこのあと用事がある。数時間かかるだろう」

「私も一緒に行くわ」

「だめだ」テオが即座に拒んでから、やさしくつけ加えた。「本当にここが気に入ったのなら、退屈な用事につき合うよりも、買い物でもしてのんびりと最後の時間を過ごすといい」

「でも、あなたの用事が何か気になるの。ギリシアで新しく手に入れた不動産と関係があるの？　結婚式のときに言っていたでしょう？」

テオは冷めかけたトーストを注意深く一口かじり、残りを皿に戻すと、目を合わさずにほほえんだ。

「僕がいなくても数時間は大丈夫だろう？　一人でも寂しくないね？」

大丈夫のわけがない。ハネムーンの二日めに夫が謎の用事のために別行動をとることを喜ぶ花嫁がどこにいるだろう？

でも、二人の間にあるのは友情だ。彼に執着してはいけない。だからエミーは無理にほほえんだ。

「大丈夫よ」

「よし」麻のナプキンをテーブルに置くテオは無表情だったが、エミーの沈んだ顔に気づいて言い添えた。「だが、その前に二人で楽しむ時間がある。ビーチに行かないか？」

とたんに気分が明るくなった。「いいわね」

テオがにっこりした。彼と一緒に着替えのために部屋へ戻りながら、エミーは小さく歌を口ずさんだ。

だが、夫のほうを見ると、ハンサムな顔はゆがんでいた。あれは悲しみと……怒りのせい？

目が合うと、暗い表情はたちまち消え、テオが顔をほころばせた。

エミーは考えこまずにいられなかった。私にとってとても魅力的なこの島が、テオにとってはひどい場所だということがありうるだろうか？

テオは岩だらけの小さな島を見た瞬間から、エミーをここに連れてきたのは間違いだと悟った。

マンハッタンのオフィスの金庫から小さな包みを持ち出してきたのは、過去が詰まった廃屋がついに完全に破壊されるのを遠くから見たあと、ソフィアに頼まれたとおり、海に捨てるつもりだったからだ。

しかし、計画どおりにはいかなかった。ヨットのエンジンが故障してライラ島に着くのが遅れ、パリにとどまるよう言っておいたソフィアがライラ島までやってきたうえ、妻が詮索しはじめたのだ。

計画どおりだったのはスピードボートからライラ

島の小さな港の桟橋に下りたことだけだ。二度と足を踏み入れるまいと誓ったこの場所に、僕は戻ってきた。どこを見ても、封印された記憶がよみがえり、背筋がぞくぞくする。

エミーが魅力的だと言う小さな村を歩いても、テオに見えるのは過去の亡霊だけだった。ひどい場所だと言ったとき、彼女は驚いた顔をしていた。

これまでのところ、誰もテオに気づかなかった。当時は違う姓を名乗っていた。父親の姓から母親の姓に変わったのだ。その後、母親は四人の夫を持ったが、どの男性もテオを正式に養子にすることはなかった。ただ、母親は息子を新しい姓で呼び、家族だと強調した。まったく愚かだ。

それからすべてが炎に包まれた……。

少年時代のテオは無力だった。家族を救うことも、自分自身を救うことさえできなかった。

そして耐えがたい犠牲を払うはめになった。

テオはくつろげなかった。この島に到着して以来、ほとんど眠れなかった。だから今朝、ランニングに行ったのだ。自分を追いこみ、崖の縁を回って十五キロを疾走した。

長い間、テオは家が焼け落ちる夢を見てきた。その家を購入したのは、自分の心をなだめられるのではないかと思ったからだ。だが、走りながら遠くに焼け焦げた瓦礫《がれき》を見たとき、テオは冷静さを失った。

妻子ある億万長者としてライラ島に戻れば、ようやく過去を葬り去り、誇りと強さを手に入れて、無力だった少年時代の自分を置き去りにできると思っていた。しかし、あの廃屋を見ただけで、自分の内面は何も変わっていないと気づいた。もしかしたら、これからもずっとそうかもしれない……。

「信じられる？」やはり昨日買ったつば広の帽子の下で、エミーがうれしそうにテオを見あげた。日焼け止めをしっかり塗っているにもかかわらず、彼女の脚と腕はすでに日焼けしてほんのり赤みを帯びている。「秘密のビーチね！」

テオが過去の亡霊を払いのけ、現在に戻るのにはしばらくかかった。エミーはすでに安物のストロー製のビーチバッグを砂の上に置くと、白いビーチコートを脱いでターコイズブルーのビキニ姿になり、歓声をあげながら海へと駆け出していた。

テオは一人砂浜に立ち、エミーを見つめた。彼女は両腕を広げて太陽に顔を向けながら波打ち際を走っている。小さなビキニがかろうじて隠している豊かな胸やふくらんだおなか……。

エミーを見ているだけでテオの体はこわばった。いや、結婚したときからずっとこわばっているのかもしれない。欲望を抑えこんでやさしくエミーを気遣い、自家用機でくだらないコメディ映画を一緒に見て、しまいには彼女と同じベッドで眠った。柔らかく官能的な体が下腹部に触れていたことを思い出すと、口からののしり言葉がもれた。我慢もそろそろ限界だ。いつまで耐えられるかわからない。

いつになったらエミーは欲望に負けるのだろう？以前、エミーを地味だと思っていたことが今となっては信じられない。彼女はお世辞にもすてきとは言えないスーツと堅苦しいヘアスタイルで、驚くべき美しさを隠していたのだ。

テオは今、太陽の下で黄金色に輝くアフロディーテのように泳いでいるエミーを見つめた。エミー・スウェンソン・カトラキスは、彼の知る限り最も美しい女性だった。

いや、美しい女性というより、この世の奇跡だ。エミーは僕に過去を忘れさせることができる唯一の存在、亡霊を追い払うことができる唯一の存在だ。彼女とベッドをともにすることしか考えられない。

僕はエミーに取りつかれている。正しかろうが間違っていようが、彼女をそばに置いておかなければ。

彼女がついに誘惑に屈したとき、僕はようやく安らぎを得られるだろう。

「何をぐずぐずしているの？　一緒に泳ぎましょうよ」エミーが立ち泳ぎをしながら促した。

冷たい海水のせいで胸の先が硬くなっているのが布地の上からでも見て取れる。

それ以上促される必要はなかった。テオはシャツを脱ぎ捨て、携帯電話をその上に放り投げると、ブルーの水着一枚になって海に飛びこんだ。エミーのそばまで泳いでいき、彼女を腕に引き寄せて、太陽の下ですばやくキスをした。

エミーが笑いながら体を離し、海中にもぐると、彼に向けて水を蹴ってから泳ぎだした。

テオはうなりながら追いかけ、エミーがわざと悲鳴をあげてペースを上げた。二人は人けのない波打ち際でたわむれ、彼は久しぶりに大笑いした。

日が傾きはじめると、テオは用事を思い出し、暗い気持ちになった。二人は砂浜まで歩いて戻った。彼は時間を確認し、まだもう少し余裕があると自分に言い聞かせながら、オリーブの木陰にブランケットを敷いた。

タオルでエミーの体を拭いたあと、彼女を見おろして、胸の高鳴りを覚えた。一瞬、日差しで温まったブランケットの上に彼女を横たえて抱こうかと考えたが、思いとどまった。

「どうやってこの場所を知ったの？」エミーがあくびをしながら尋ねた。「宿の主人の奥さんにいいところがないかきいたら、北のほうのビーチのことしか教えてくれなかったわ」

「ここは地元の人のためのビーチなんだ」

エミーが目を見開き、テオを見つめた。「じゃあ、どうしてあなたが知っているの？」

体に緊張が走り、テオは過去という名の暗雲が忍び寄ってくるのを感じた。

過去については考えたくない。もう少しだけ僕を楽しませてくれ。あと一時間、あと数分でもいい」

「テオ」エミーの小さな手が髭を剃《そ》っていない顎に伸びた。「なぜ教えてくれないの？」

テオはしばし目を閉じ、息を止めた。エミーの手の感触は耐えがたいほど悩ましい。彼の望みはエミーを引き寄せ、キスをし、彼女と一つに結ばれて、甘美な狂気の中で我を忘れることだけだった。

しかし、テオは無理やり目を開け、顔をそむけた。

「どうでもいいだろう――」

エミーがテオの肩をつかみ、二人の目が合った。ほんの一瞬ためらってから、彼女がテオの唇に唇を重ねた。そして、菫《すみれ》色の瞳を輝かせながら体を引いた。

テオは息を吸いこむとエミーを引き寄せ、柔らかなブランケットに横たえて貪欲にキスをした。唇が熱く溶け合い、二人は互いにしがみついた。


やがてあえぎ声とともに唇を離したテオは、エミーの首筋に口づけをしながら、彼女の温かな素肌に手を這わせた。まるで未熟な少年のように不器用にビキニのトップの紐《ひも》をほどこうとしていると――。

携帯電話が鳴った。テオは目をぎゅっと閉じ、その音を無視しようとした。しかし、着信音は鳴りやまず、ついに悪態をついて携帯電話を取りあげた。

相手の電話番号を見たとたん、顔に冷水を浴びせられたように正気に戻った。エミーにちらりと目をやってからふらふらと立ちあがり、電話を耳に当ててオリーブの木から離れた。妻があとで質問してこないよう祈りながら。

テオはできるだけ早く電話を終えた。しかし振り返ると、エミーは座りこみ、青白い顔にそばかすを浮かべて彼を見つめていた。

「ソフィアって誰なの？」

7

テオの携帯電話が鳴ったとき、エミーの中には三つの感情が連鎖的にわき起こった。

最初は怒りだった。電話の相手が誰であろうと、恨めしかった。電話に出た夫のことも。

だが怒りは、危うく自分が自制心を失う寸前だったと気づき、安堵《あんど》に取って代わられた。テオに濡《ぬ》れた髪を撫《な》でられ、黒い瞳で見つめられて、エミーは衝動的に彼にキスをしていたのだ。電話にじゃまされなければ、二人は砂浜で体を重ねていたかもしれない。見知らぬ電話の相手に感謝すべきところだ。

しかし、浜辺を歩きまわりながらギリシア語で話している夫を見て、エミーは感謝する気持ちにはなれなかった。テオの口調はますます緊張感を増し、電話の相手に何かを納得させたがっているかのようだった。そしてエミーは、理解できないギリシア語の中で彼が名前を口にするのを聞いた。女性の名前だ。ソフィア。

そのときエミーは新しい感情を覚えた。恐怖は最初の二つの感情よりずっと強かった。

テオは気を遣って私から離れたのではなかった。ただ話を聞かれたくなかったのだ。

「ソフィアって誰なの？」テオがこちらを向くと、エミーは思わず尋ねた。とたんに彼の表情が陰った。

「聞いていたのか？　僕の個人的な電話を？」

「そんなつもりじゃ……」エミーは言葉に詰まった。頬が熱くなる。「耳に入ったのよ」

「聞き耳を立てずにはいられなかったんだろう？　君から離れて、君が理解できないギリシア語で話していたのに。君に僕を非難できるのか？」

「非難？　私が何を非難しているというの？」

「もう遅い」テオが顔をしかめてシャツとエミーのバッグを拾いあげた。「宿まで送るよ」

エミーは無作法なことをしてしまったようで恥ずかしくなった。二人の間に急に冷たい空気が漂ったのは自分のせいだという気がした。夫の広い歩幅についていこうと、ブランケットを腕に抱え、村へ戻る長く曲がりくねった道を急ぐ。でも、どうして私のせいなの？　隠し事をしているのは彼なのに。

理由がなんであれ、エミーは人と対立するのが好きではなかった。だから宿の狭い部屋に着くと、テオに向かって静かに言った。「話をしなくては」

「時間がない」水着を脱いだ彼は裸の体を隠そうともせず、黒のシャツを着て仕立てのいい黒のズボンをはいた。「遅れそうなんだ。数時間で戻るよ。そうしたら君の荷物をまとめてヨットに案内しよう」

「わかったわ」エミーはしかたなく言った。「気をつけて」

だが、テオはすでに部屋を出ていた。

エミーは一人でシャワーを浴びた。白いタオルを体に巻いて寝室に戻ると、それまでとても居心地よく思えた部屋が空っぽの洞窟のように感じられた。

テオはどこに行ったのだろう？　ソフィアというのは誰？

さっきまで感じていた幸せは日差しを浴びた靄《もや》のように消えてしまった。エミーはのろのろとコットンのブラジャーとショーツを身につけ、村の観光客向けの店で買った花柄のサンドレスを着た。湿った髪をポニーテールに結って小さな鏡をのぞくと、日焼けした肌が赤みを帯びていた。いや、これは突然わきあがった怒りのせいかもしれない。

さっきのテオの尊大な態度ときたら！　私はもう彼の秘書ではなく妻だ。彼の秘密を知る資格がある。

エミーは奥歯を嚙《か》みしめるとサンダルをはき、ストローバッグを持って、テオを捜しに部屋を出た。

十分後、エミーの怒りは失望に変わった。そう簡単にテオが見つかるわけがない。なぜ彼は私にこんなみじめな思いをさせるのだろう？

石畳の道を歩いているうちに嗚咽《おえつ》がこみあげた。潤んだ目を隠すため、エミーはバッグから安物のサングラスを取り出した。

背が高く肩幅の広い男性がこの島にはおしゃれすぎる黒いシャツとズボン姿で、黒髪の若くきれいな女性と狭い路地を歩いているのが目に入ったとき、エミーはぽかんと口を開けた。並んで歩く二人は触れ合ってはいなかったが、静かな話し方がある種の親密さを感じさせた。

エミーは急いで曲がり角に身を隠し、後ろめたさを覚えながら、埠頭《ふとう》への小道を下っていく二人のあとを追った。

あれがソフィアなのだろうか？　テオと見知らぬ女性は制服姿の操縦士が待機しているスピードボートに向かっていく。

テオが女性をスピードボートに乗せるのを見て、エミーは衝動的に埠頭に向かって走りだした。

「だめよ！」大声を出しながら桟橋を駆けおりる。「待って！」

テオがぎょっとした顔でエミーを見つめた。それから黒髪の女性に向き直り、低い声で何か言った。

桟橋の端に着いたエミーはスピードボートに飛び乗った。テオはバランスを失いかけたエミーを抱きとめたものの、すぐに厳しい表情で彼女を放し、腕組みをした。

「宿で待つようにと言ったはずだ」

「私はもうあなたの秘書じゃないのよ。あなたの指示に従う義務はないわ」そう言うと、エミーは黒髪の女性のほうを向いた。「はじめまして、私はエミーよ。あなたがソフィアね？」

女性がテオをちらりと見て答えた。「ええ」

握手をすると、女性がテオに向かって眉を上げた。

彼は不愉快そうにかぶりを振っている。

「出せ」テオが操縦士に命じた。操縦士はスピードボートを埠頭から湾内のヨットのほうへと急発進させた。誰もエミーに説明しようとはしない。

「それで」エミーは唇をなめた。「どういうことなの？」

女性はただ海面を見つめている。

「座っておとなしくしていてくれ」テオが冷たく言い放った。

シートに座ったエミーは、遠ざかる海岸線を振り返りながら歯を食いしばった。

スピードボートはまもなく巨大なヨットに着いた。三人は操縦士に手を貸してもらってステップを上がり、靴を脱いだ。想像していたほど華美ではない。

広いデッキには座り心地のいい椅子が置かれ、四方の景色が見渡せる。ヨットが動きだすと、乗組員がシャンパンの入ったフルートグラスをテオに渡し、次に黒髪の女性、そしてエミーにも差し出した。

エミーはとまどった。なぜ妊婦にシャンパンを出すの？　テオと黒髪の女性がシャンパンを持っているのも奇妙に思える。どちらも何かを祝おうとしているようには見えない。テオはむしろ幽霊にでも取りつかれたような顔をして、陰りを帯びたまなざしで黒髪の女性を見おろしている。女性はヨットの手すりをつかみ、沈んだ表情で海を眺めていた。

どういうことか、エミーには皆目わからなかった。

口をつけていないシャンパンを持ったまま彼女は船室に入り、乗組員にグラスを返した。「せっかくだけれど、飲めないの」

乗組員はグラスを受け取ると、敬礼代わりに帽子に触れ、背を向けた。エミーは彼を呼びとめた。

「あの……このヨットはどこへ向かっているの？」

乗組員の顔にとまどいが浮かんだ。「島の反対側です。そこなら最高の景色を眺められますから」

「ああ、そうね。ありがとう」エミーは調子を合わせてうなずくとデッキに戻り、ギリシアの暖かい風に当たった。ヨットは海原を切り裂いて進んでいく。

テオが結婚してたった二日で愛人と密会するなんて思ってもみなかった。いや、絶対にありえない。彼が明らかに嫌っているライラという島に、なぜこっそりやってきたのか、何か理由があるはずだ。

ヨットが島の反対側に着くのにそう時間はかからなかった。海岸は岩だらけで、木々が生い茂っている。焼け焦げた建物がぽつんと立っているのを見て、エミーは目を見開いた。

テオのそばに行き、彼女は尋ねた。「あれは?」

手すりを握りながら建物を見つめるテオのまなざしは暗かった。「家だ」

エミーは『レベッカ』の舞台となった豪邸、マンダレーを思い浮かべた。「誰の?」

テオがこちらに向き直り、冷ややかに答えた。

「僕のだ」

「まあ」エミーは混乱した。黒ずんだ骨組み以外はほとんど何も残っておらず、何年も放置されていたように見える。そのとき、ヘルメットをかぶった作業員たちが待機しているのに気づいた。ブルドーザーなどの重機も見える。どういうこと? 「あれを再建するの?」

「いいや。解体するんだ」テオが険しい表情で船長に合図を送ってから、冷たい目をエミーに向けた。

「さっきの質問の答えだが、ソフィアは僕の妹だ」

ヘルメットをかぶった作業員たちが二台の掘削機とブルドーザーで廃屋の最後の壁を壊していくのを、テオはヨットの上から見ていた。ふと、近くで洟《はな》をすする音が耳に入った。ソフィアが手すりを握りしめ、苦悶《くもん》の表情でかつての我が家を見つめていた。

テオは何も言わずにソフィアのそばに行った。どう慰めればいいのかわからず、ぎこちなく腕を回した。妹は彼にもたれかかり、静かに涙を流しながらも、決して家から目を離さなかった。

視線を下ろすと、手にはフルートグラスが握られていた。テオはこの日のために特別に自分のワインセラーから最高のシャンパンを運ばせていた。この日を思い描き、ついに我がものにした建物を破壊するときには喜びや達成感、少なくとも安堵を感じるものと思っていたからだ。

それなのに今、テオは気分が悪かった。

冷静になれ。感情を表に出すことは弱さだ。男は強くなければならない。そうでないと、自分も愛する人々も苦しむことになる。心を氷にしなければ。

「乾杯《チアーズ》」テオはグラスを掲げ、英語で言った。ソフィアが涙に濡れた目で彼を見つめ、ようやく自分のグラスを上げた。テオは二人のグラスを触れ合わせるとポケットに手を入れ、オフィスの金庫から持ってきた小さな包みを彼女に手渡した。

ソフィアがグラスを近くのテーブルに置き、その小さな包みを見た。「これは……?」包みを開けた妹は金のロケットを取り出し、しっかりと握りしめると身を震わせた。「ありがとう。でも……」

「でも?」

妹が廃屋を振り返った。「あそこに行きたいの」

テオは唾をのみこんでから口を開いたが、出てきた声はざらついていた。「もう終わったんだ」

「近くで見たいのよ」

「だめだ」テオは困惑をにじませて言ったものの、ソフィアの望みをかなえてやるのはわかっていた。硬い表情で船長のほうを向いた彼は静かに指示を出すと、妹に向き直った。「あそこは危険だ。まだ土台を埋め、残った廃材を片づける必要がある」

ソフィアが目を上げ、次の言葉を待っている。

テオはため息をついた。もともとソフィアはここに来させないつもりだった。当初の計画では、解体作業を撮影し、その映像をパリにいる妹に送るつもりだった。だが、エミーの結婚式を阻止するため、急遽《きゅうきょ》ニューヨークに飛ぶことになった。そのあと、ソフィアがパリを発《た》ってライラ島へやってきたと電話をよこした。

そこでテオは計画を変更し、ハネムーンと称してヨットでライラ島に向かい、たまたま廃屋が取り壊されるところにでくわしたと見せかけようとしたのだ。エミーには興味深い廃屋の取り壊しを撮影すると思わせ、その映像を養親から受け継いだ村のコテージに滞在するソフィアに渡すつもりだった。

しかし、ヨットの修理にまる一日かかったせいでその計画も失敗に終わった。ライラ島にはエミーを連れていきたくなかった。感情を表に出さずにさりげなくふるまうのはむずかしいだろうから。そこでテオは彼女を宿に残し、一人でヨットに乗って遠くから解体作業を撮影することにした。

ところが今日の午後、気が変わったとソフィアが電話をかけてきた。テオと一緒に解体作業を直接見たいと言いだし、どうしても説得できなかった。

ソフィアの次はエミーか。なぜ最も大切に思っている二人の女性が、彼女たちを痛みから守ろうとする僕の努力に逆らうのだろう？　いや、痛みから守りたいのは僕自身か？

テオはソフィアを見おろした。妹が五歳のとき以来、直接会うのは初めてだ。再会して妹を抱きしめたとき、テオは何度もまばたきをして涙をこらえた。ある意味で、彼にとってソフィアはいつまでも子供だった。自分よりもいい兄を持つべき子供だった。

ソフィアが顎を上げた。「危険でもかまわない。近くで確かめないと、私の一部がずっとあそこに閉じこめられてしまうわ」

テオはエミーに視線を戻した。彼女はまだ少し離れた手すりの前に立ち、目の前で二人がギリシア語で話しつづけていることに腹を立てていないふりをしていた。テオとソフィアは英語で話せるのに。妹は英語に加え、フランス語とドイツ語とスペイン語も話すことができる。テオがヨーロッパじゅうの一流校で学ばせたからだ。

テオの悲惨な子供時代がどこかの仕事熱心なジャーナリストによって暴露されなかったのは奇跡だった。子供のころに四つの異なる姓を名乗ったために過去をたどれなかったのだろう。とっくに亡くなっていた実父の姓であるカトラキスを名乗るようになったのは、叔父に連れられて十六歳でアメリカに渡ったときからだ。

テオが十五歳のときに母親と継父が他界したが、当時名乗っていたのは継父の姓、パパドポロスだった。養子になる前のソフィアの姓でもある。隣人はソフィアだけを養子にした。誰だって親を亡くしたかわいい少女なら欲しいだろうが、反抗的な十代の少年など欲しいわけがない。

テオの心臓は大きく打っていた。涼しい風にもかかわらず、額は汗ばんでいる。彼は横目でエミーを見た。日が傾きかけた中、彼女は肩をこわばらせて暗い海面を見つめていた。

エミーには宿にいてほしかった。この件がすべてすんだら彼女を迎えに行き、二人でヨットに乗ってここを離れるつもりだった。エミーはソフィアのこともライラ島の家のことも知らなくてすんだし、僕は何も言い訳しなくてすんだ。

「テオ?」ソフィアが呼びかけた。「いいでしょう?」

「いいだろう」テオは重々しく言った。

ソフィアと一緒にデッキをあとにするとき、テオはエミーの目に浮かぶ問いかけに首を横に振って答えた。彼女を同行させたくなかった。自分とソフィアの過去について真実を話すことができなかったからだ。だが、嘘《うそ》もつきたくなかった。

テオは靴をはくと、ソフィアの先に立って急な階段を下り、小さなスピードボートに乗りこんだ。

赤とオレンジの太陽がエミーを背後から照らし、その表情は陰になってわからなかった。スピードボートはテオとソフィアをあっという間に岸まで運んだ。

古い桟橋はとっくになくなっていたため、二人はボートを降りると膝まで海水につかった。テオはソフィアを抱きあげて運ぼうとしたが、妹は首を振った。二人してなんとか砂浜にたどり着くと、テオは足を止め、水平線に沈んでいく夕日を振り返った。ヨットのシルエットを除けば、その景色は今も昔と変わらなかった。

ソフィアに声をかけられて追憶から覚め、テオはほっとした。二人は雑草におおわれた丘の小道を苦労して進んだ。半壊した建物の前まで来ると、テオは解体業者の一人に話しかけた。

ソフィアがよろよろと前に進み出た。膝をつき、寝室があった場所の乾いた土に触れると、嗚咽をこらえるように手で顔をおおった。テオの目に涙はなかった。ソフィアが両手で穴を掘り、ポケットから取り出した金のロケットをそこに落とす。それから穴を埋め、その上の土をならした。

ヨットに戻るころには太陽が水平線に沈んでいた。テオの足取りは重く、ソフィアはデッキのシートに座って悲しみにひたった。エミーの姿はなかった。

「妻はどこだ？」テオは乗組員に尋ねた。

「お疲れになったのでしょう。お二人のお部屋に引き取られました」

テオはエミーに自分の気持ちを隠す必要がなくな

って安堵し、泣いている妹の横に座って抱きしめた。

　ヨットはすみやかに村の港に戻った。テオはソフィアと一緒にスピードボートで埠頭に向かった。宿にスタッフをやり、勘定をすませて自分とエミーの荷物を回収させると、ソフィアを村のはずれにあるコテージまで送った。養親の家族も今ではめったに使うことがないという。テオが玄関で別れを告げると、妹は目を潤ませ、悲しげな笑みを浮かべた。

「ありがとう、兄さん」ソフィアが彼を抱きしめた。「たぶん……もう大丈夫よ」

　喉の奥に熱いものがこみあげるのを感じながら、テオは妹を抱きしめ返した。「おまえには幸せになってほしい。おまえに必要なものはなんでもやる。金でも、助けでも、慰めの言葉でも……」

　ソフィアが目をぬぐって言った。「私の望みは、兄さんが私の人生に戻ってきてくれることだけよ」

　テオはぎこちなくうなずき、背を向けた。しかし、美しい花嫁が待つヨットに戻りながらも、気分は晴れなかった。喉が締めつけられ、心がひりひりした。

　ソフィアはわかっていないが、妹の人生には僕がいないほうがいいのだ。今日、それが証明された。

　ソフィアが土に膝をついて泣いていたことを思い出すと、ひどく胸が痛んだ。悪いのは僕だということを、本当は妹もわかっているに違いない。

　ヨットに戻ると、テオは手すりに立ち、真珠のように輝く月がエーゲ海から静かに昇るのを眺めた。ウイスキーかドンペリニヨンを飲もうか。仕事に没頭し、何年も夢見てきたパリのプロジェクトの準備をしようか。だが、どちらにも心を引かれなかった。

　僕を救えるものはただ一つしかない。

　テオは船内に入り、スイートルームへ向かった。暗闇の中、大きなベッドで眠っている妻を見つけた。

　テオはキスをしてエミーを起こした。

「テオ」エミーがつぶやいた。「どうしたの？」

テオは白いナイティに包まれたエミーの胸に触れ、キスを深めながら背中をベッドに押しつけた。彼女の肌を味わいたくてたまらなかった。

するとエミーが身をよじった。「やめて」

テオは驚いて、月光に照らされた彼女を見つめた。

「教えてほしいの」エミーが静かに言った。「今日のことについて」

とたんに体がこわばった。自分の過ちを知っているのはソフィアだけで十分なのに。「過去のことだ。君には関係ない」

心を見透かすようなまなざしでエミーが彼を見あげた。「私はあなたにとってなんなの？　あなたの子供の母親というだけ？」

テオは彼女をにらみつけた。「それ以上の存在だとわかっているはずだ」

エミーが上掛けの上で固く組んだ手を見おろした。「私は結婚生活がうまくいくことを望んでいるわ。でも、あなたが何も教えてくれないのに、どうして自分があなたのパートナーだと思えるの？」

テオは歯を食いしばった。「過去のことは話したくないんだ。これから先も。楽しい話じゃない。今日のことは忘れてくれ。僕がそうしてきたように」

だが、再びエミーにキスをしてなだめようとしたとき、彼女が小さな手で彼の胸を押した。「説明してくれないなら、出ていって」

テオは唖然《あぜん》として彼女を見つめた。出ていこうとして体を起こし、ふと動きを止めた。

エミーが僕に秘密があることを知った今、二人の親密な関係がだいなしになるのにさして時間はかからないだろう。

テオはエミーに向き直った。「わかった」彼はざらついた声で言った。「警告されなかったとあとで言わないでくれよ」

8

テオはついに秘密を明かすつもりなのだろうか？エミーは息をするのも怖かった。

開け放たれた舷窓越しに月光に照らされた海を眺めながら、テオが髭《ひげ》の生えかけた顎を引きしめた。

「あそこはかつて僕とソフィアの家だった」

「あの焼けた廃屋が？」エミーはぽかんと口を開けた。「あなたはアテネの路上で暮らしていたときに叔父さんに見つけ出されたんじゃなかった？」

「それはライラ島を出たあとのことだ」テオの唇に苦い笑いが浮かんだ。「僕はいろんな姓を名乗っていたから、誰も僕の子供時代のすべては知らない。厳密に言うと、ソフィアは僕の父親違いの妹なんだ。

僕が十歳のときに生まれた」

「彼女はライラ島に住んでいるの？」

テオが息をついた。「いや、パリだ」

エミーは両手を膝の上に置いて、もっと知りたいという気持ちを抑えつけた。浜辺で解体作業を見ていたとき、テオは淡々としているようだったが、エミーは彼の顎がこわばり、両手が握りしめられ、目がまばたきを繰り返しているのを見た。彼をよく知らない人なら、怒っていると思ったかもしれない。

しかし、今日エミーがテオの中に見たものは怒りをはるかに超えていた。そこには彼が対処の仕方を知らない強い感情があった。打ちひしがれている妹を、テオはやさしく気遣っていた。それを見たとき、エミーは悟った。この兄妹が抱える過去がなんであれ、それはとても恐ろしいもので、兄妹の人生を大きく変えてしまったのだと。

「何があったの？」彼女はやさしく尋ねた。

テオがベッドの上で背筋を伸ばし、エミーの視線を探った。「これから話すが、そのあと二度とこのことはきかないでくれ。絶対に」

「わかったわ」

「僕が赤ん坊にときに実の父が死んだことは知っているね」テオはうつむき、左手にはめたシンプルなゴールドの指輪を回した。「母は依存症だった。ドラッグだけでなく、恋愛にも溺れていた。それで間違った選択をした。僕の四人目の父親はハンサムで金持ちだが最悪の男だったのに、二度の離婚を経て彼と出会った母は、ついにおとぎ話のような幸せを手に入れたと思った。ライラ島で暮らすことになったのは僕が十歳のときだ。だが、経済状態が悪化しはじめると継父《ちち》は母を責め、暴力をふるった。僕が二人の間に入ろうとすると、今度は僕に手を上げた。やがてとうとう……」喉が締めつけられ、彼はかすれた声で続けた。「家が火事になった」

「ああ、テオ」エミーはテオの腕に手をかけた。だが、彼は気づいていないようだった。

「母はいつも愛が自分を救ってくれると思っていたが、愛は母に悲しみをもたらすだけだった。結局、母は愛のせいで死んだんだ」テオの黒い瞳に冷たい光が宿り、息遣いがかすかに荒くなった。「僕はやっとあの家を手に入れることができた。ソフィアと僕はあの家が解体されるのを見る必要があったんだ。過去を葬り去るために」

抑圧された激しい感情が波となって彼から放たれるのを、エミーはひしひしと感じた。

テオがうつろな顔を上げた。「まだ何か知りたいことはあるかい？」

私はもっと知りたいのだろうか？「テオ――」言いかけたとき、肋骨《ろっこつ》の下を強く蹴られるのを感じ、息をのんだ。するとまた蹴られ、思わず口元をほころばせた。「赤ちゃんがおなかを蹴っているわ」

テオが顔をしかめた。「今？」

エミーは彼の手を取ってナイティの上から腹部に押し当てた。「感じる？」

彼の目が見開かれ、口があんぐりと開いた。「これが僕たちの赤ん坊？」

エミーはほほえんだ。「ええ」

「こういうことはふつうなのかい？　つまり……」テオがためらった。「医者を呼んだほうがいい？」

「ふつうよ。私は大丈夫。感じてくれてうれしいわ。私はあなたとすべてを分かち合いたいの」二人の手はエミーのおなかの上で重なっていた。目と目が合うと、エミーは胸が苦しくなった。そこで突然、この寡黙な男性があれほど多くのことを語るのにはどれほどの勇気が必要だったかを悟り、彼のざらついた頬を撫《な》でた。「話してくれてありがとう。つらかったでしょうね。でも、これからは私があなたを守るわ。この先の私たちの人生のために」

ほの暗い部屋の中でテオがエミーを見つめた。彼の瞳が熱を帯び、二人の間に電流に似たものが走る。テオのキスはついばむような軽いものではなく、切望に満ちていて激しかった。

ナイティの下で胸が張りつめ、欲望が体の奥で渦を巻いた。エミーはテオにしがみつき、貪欲にキスを返した。彼が体を震わせながら、しっかりと二人の唇を重ね合わせる。この飢えを満たせるのは彼女だけだと言わんばかりだった。

「いいのかい？」

答える代わりに、エミーはキスをしたまま彼の肩をつかんで引き寄せた。

テオが押し殺したうめき声をもらし、彼女をベッドに横たえた。固く抱き合っていたのもつかの間、二人は突然互いの服をはぎ取った。彼のシャツが消え、次に彼女のナイティが消え、何もかも消えた。

エミーはこれを望んでいた。もう恐れてはいなかった。

った。以前も今もこれからも彼のことが好きなら、なぜ自分が一番望んでいることを否定するの？　快楽を避けても、あとで味わう苦しみを避けることはできないのよ。

テオがエミーの全身を撫でまわし、キスをすると、彼女は息ができなくなった。体は張りつめ、欲望にうずいている。もっと、もっと、自分の中に彼を感じたい、彼を独り占めし、自分のものにしたい。テオは私がずっと求めてきた人だ。そして今、私の夫になった。彼は永遠に私のもの。

テオはこれほどまでに誰かを必要としたことも、こんなにも誰かを身近に感じたこともなかった。

最も大事にしている女性に自分の過去の一部を明かし、受け入れられたという驚きが、テオの凍りついた心にひびを入れた。エミーの裸身を抱きしめるのはあまりに甘美な喜びで、耐えがたいほどだった。ずっと彼女を求めてきたが、今の切迫感に比べれば、以前の欲求など何ほどでもなかった。

だが、エミーは妊娠している。何よりも彼女の体に負担をかけないようにしなければ。

テオは深呼吸をすると頭を下げ、月明かりに照らされた青白い胸のふくらみをてのひらで包みこんで、薔薇《ばら》色の蕾《つぼみ》を順番に味わった。やがてエミーが波のように体をくねらせると、両手で彼女の腿を開き、脚の間に身を置いた。そしてエミーの震えを感じながら、敏感な部分に舌を這《は》わせた。ほどなく彼女の歓喜の叫び声が薄闇の中に響き渡った。

それからテオは、ゆっくりとエミーの中に身を沈めた。以前は、自分の悪魔を追い払うために彼女を激しく奪いたいと思っていた。だが今は違う。

〝これからは私があなたを守るわ。この先の私たちの人生のために〟

エミーは僕の妻だ。彼女を守り、気遣うのが僕の仕事だ。

テオは唐突に恐怖に駆られた。僕はすでに大事な人を守ることに失敗している。

だが、その考えを必死に押しとどめた。今回は違う。エミーを大切にし、危険から守ってみせる。

テオはベッドに横たわり、エミーを自分の上に引き寄せた。そして彼女を持ちあげて腿を開かせながら、ゆっくりと下ろした。二人の体が一つになったとき、エミーがあえいだ。しばらくの間、彼はエミーの腰をしっかりとつかんでいた。

それからゆっくりとエミーが動きはじめた。初めはためらいがちに、それからより激しく、より速く腰を上下させる。目を開けてエミーを見あげると、至福に目を閉じた美しい顔と揺れる胸のふくらみが飛びこんできた。彼女が再び体をこわばらせ、テオの肩をつかんで叫び声をあげた。

そしてテオも歓喜の頂点に達した。想像すらしたことのない恍惚《こうこつ》の中で欲望がはじけ、彼のうめき声が叫び声に変わった。

エミーがぐったりとテオの上に倒れこんだ。疲労困憊《こんぱい》し、陶酔感でまだ意識が朦朧《もうろう》としている中、テオはエミーの背中を撫で、そのあとしばらく、ただ彼女を抱きしめていた。気分は満たされていた。

甘いひとときにひたりながら、生きていてよかったと思った。


朝の潮風がエミーの肌を心地よく撫でた。彼女は一人で朝食のテーブルにつき、夫の飢えたキスで腫れている唇に触れた。

「他にご用はありませんか、ミセス・カトラキス？」トレイを小脇にはさんだ制服姿の若い乗組員が丁重に尋ねた。

「いいえ、ないわ。ありがとう」乗組員が去ると、エミーはカフェイン抜きの甘いコーヒーを飲みながら、ギリシアのパイ、ブガツァをもう一口食べた。

卵とフルーツと一緒に、すでに二つ平らげている。

サントリーニ島の近くに停泊して二日がたつが、これほど幸せを感じたことはかつてなかった。サントリーニ島の別名は天国に違いない。

「おはよう」小さなテーブルの向かいの椅子に、夫がいたずらっぽい笑みを浮かべて腰を下ろした。

金色の陽光が彼の高い頬骨と髭を剃《そ》ったばかりの顎に降りそそいだ。開いたシャツからは日焼けしたたくましい胸が見えている。

いつものようにテオは最高にすてきだった。ライラ島をあとにしてから、二人は何度も体を重ねた。それでもまだ足りないと思うなんて信じられない。

「朝のうちに泳ぎに行くの？」

「そう考えていた」テオが銀のポットから、二十四金で縁取られたカップに熱いコーヒーをついだ。

「一緒にどうだい？」

「デッキでけっこうよ」

椅子の背にもたれかかったテオがカップの縁に唇を当てながら、目を輝かせて彼女にほほえみかけた。

「やめて」

「何を？」テオがしらばくれて尋ね、コーヒーを一口飲んだ。彼の唇がなぞった場所を思い出し、エミーは頬が熱くなるのを感じた。すると、彼が突然にやりとした。「顔が赤いぞ」

「そんなことないわ」エミーは咳《せき》払いをして、紺碧《こんぺき》の海と遠くに見えるサントリーニ島を眺めた。

テオが黙ってエミーを見つめ、それから彼女の手を取った。「君に言っておくことが――」

乗組員の一人がトレイを持ってデッキに戻ってきたので、彼は手を引っこめた。乗組員はテオの前に朝食の皿を置くと去っていった。エミーは彼の皿を見た。卵とベーコンとフルーツだけだ。無駄なものがいっさいない。

ただ、例外もある。パリ六区にあるお気に入りのブーランジェリーのバゲットなら丸ごと一本食べるし、東京の行きつけのラーメン店では四杯平らげる。

私は彼にとって、あの焼きたてのバゲットのような存在なのだろうか？　もしそうなら、私は永遠に彼をつなぎとめられるかもしれない。

「何がおかしい？」テオがけげんそうに尋ねた。

バゲットみたいになりたいと願っていると思うとおかしかった。エミーは笑いをこらえ、咳払いをした。「別に」

テオが卵を食べながら言った。「さっき言いかけたことだが、今夜パーティに招待されているんだ」

「今夜？」

「ただのパーティじゃない。僕たちの結婚を祝うパーティだ」

エミーは驚いた。ギリシアに知り合いは一人もいない。「誰が主催するの？　妹さんじゃないわよね？」

「ああ、違う」テオがベーコンを一口食べ、ブラックコーヒーで流しこんだ。「パーティでパリのチャンスをつかめるかもしれない」

エミーは一瞬とまどったが、すぐにぴんときた。「パリのプロジェクトの関係者も来るのね？　ピエール・アルクールの所有地の？」

テオがうなずいた。「彼が今の開発会社に不満を持っているという噂《うわさ》があるんだ」

「パーティの主催者はアルクールなの？」

テオは皿の料理をフォークで押しやり、しぶしぶ答えた。「彼の娘だ」

エミーは突然、ギリシアの太陽の下なのにデッキが少し冷えこむのを感じた。「昔の恋人ね？」

テオが肩をすくめた。「うんと昔のだよ」

「セリーヌ・アルクールでしょう？〈パ・セ〉であなたの頭に皿をぶつけた人よね？」

「〈ル・ベルナルダン〉で壁にぶつけたんだ。確かにセリーヌは僕の頭を狙っていたけどね」テオが愉快そうに唇の端を上げた。「彼女は別れ話が気に入らなかったんだ」

手の震えを抑え、エミーは麻のナプキンをテーブルに置いた。「別れ話が好きな人なんていないわ」

テオがにやりとした。「嫉妬しているのかい？」

エミーは口の中でぶつぶつつぶやいた。

すると、テオが身を乗り出して彼女の両手を握った。「何も心配することはない。僕が欲しいのは君だけだ。これから先もずっと」

胸を高鳴らせながら、エミーは彼の目を見つめた。

「私だけ？」

テオが首をかしげ、からかうような表情になった。

「そうだな……」エミーの手の甲にキスをし、もう一方にも同じことをする。次に両てのひらに唇をつけ、彼女の指を口に含んだ。

熱く湿った感触に、エミーは震えた。欲望を刺激され、胸の先が硬くなっている。

ようやく彼女の指を口から離したテオが立ちあがった。「きっと君は僕と一緒に泳ぐはずだ」彼がいたずらっぽい笑みを浮かべて眉を上げた。「僕をつかまえてごらん」そして、いきなりデッキの端から海に飛びこんだ。

エミーは息をのみ、めまいがするほどの速さで立ちあがると、急いで端に駆け寄った。

テオは悠然と泳いでいた。濡《ぬ》れた黒髪が太陽に照らされて輝いている。エミーの顔を見て彼は笑った。

「怖がることはない。さあ、一緒に泳ごう」

その夜、テオはサントリーニ島へ向かうスピードボートの上でエミーに腕を回していた。これほどリラックスした気分になったのはいつ以来だろうか？

夏の太陽は急速に沈んでいき、エーゲ海を赤く染めている。前方にはイアの街の明かりが見えた。

しかし、妻の輝きに比べればたいしたことはない。テオはエミーを見おろした。ボートがアムーディ湾の波を受けて揺れるたびに、彼女の赤いミニドレスのスパンコールがきらめく。長い髪は太陽の下で過ごしたために蜂蜜色を帯びている。彼の視線はドレスの裾から伸びた彼女の脚にそそがれた。ストラップ付きのサンダルの先からは、ベビーピンクのペディキュアが施された爪先がのぞいていた。

スピードボートが大きな波にはずむと豊かな胸が揺れ、テオは見まいとしつつ、結局欲求に負けた。一緒に海で泳いだあと、三回も体を重ねたのに。

彼女に飽きることがあるのだろうか？

エミーの唇に笑みが浮かんだ。胸に見とれていたのに気づかれたと思い、テオは後ろめたさを覚えながら視線を上げた。だが、彼女は目を輝かせている。

何かが彼の胸を締めつけた。

ブランド物のドレスを着ていても、安物のサンドレスを着ていても、あるいは何も着ていなくても、エミーはとても美しかった。

二時間前、まだベッドでのんびりしていたとき、今夜のパーティにはニューヨークのスタイリストが用意したドレスを着たらどうかと彼が提案すると、エミーは眉を上げて体を起こした。〝出席を取り消すわけにはいかないかしら？〟

〝残念だが、行かないと〟テオはしぶしぶベッドから起きあがった。〝僕たちがハネムーンでギリシアにいると聞いたセリーヌがせっかくパーティを開いてくれるんだから。それにパリの開発の件も知りたい〟

〝私を置いていってくれてもいいのよ〟

テオは困惑して顔をしかめた。〝なぜ行きたくないんだい？　彼女の父親の家は島で一番豪華だよ〟

エミーは喜ぶどころか、唇をとがらせた。〝私はなじめないわ〟

〝そのとおりだ〟テオはエミーを引き寄せ、首筋にキスをした。〝君は飛び抜けて美しいからね〟そして彼女をベッドに引き戻した。

そのあと、これまで手つかずだったブランド物のドレスを何着もクローゼットから取り出し、途方に暮れるエミーのドレス選びを手伝った。

スピードボートが島に近づくにつれ、セリーヌの父親が所有する壮麗な大邸宅が見えてきた。百年前に建てられたその古典的な建物は、ギリシアの島に無造作に置かれたヴェルサイユ宮殿のミニチュアのようで、少し場違いだった。他のボートがすでにマリーナを埋めつくし、音楽と会話の低いざわめきが伝わってくる。

ちらりと横を見ると、エミーもまた大邸宅を見つめていた。怯《おび》えているように見え、テオは彼女の手を握った。「君はあの中で飛び抜けて美しいよ」彼は繰り返した。

エミーが感謝をこめてタキシード姿の彼を見返した。「あなたも悪くないわ」

テオはエミーをボートからライトに照らされた巨大な桟橋に下ろした。彼の視線は、輝く赤いドレスに包まれた悩ましい体にそそがれた。

ふと悪態をつきそうになった。なぜこんなにもすぐまたエミーが欲しくなるのだろう？　今日彼女と交わした三回の営みはいつものように情熱的だったが、何かが違っていた。日光のせいか？　海のせいか？　それとも三日前、生まれて初めて女性に心を開き、誰も知らないことを打ち明けたからか？

リラックスしていた体にいきなり緊張が走った。

僕は間違いを犯したのだろうか？　自分の過去を話しすぎただろうか？　あれは弱音だったのか？

だが、最悪の過去は話さなかった。いくらエミーでも言えなかった。

いや、とりわけ彼女には言えない。彼女が真実を知ったら……。

テオの心臓は突然張り裂けそうになった。

彼女が真実を知ることはない。彼は自分に言い聞かせた。過去は葬り去ろう。ライラ島の土の下に埋められた古いロケットのように。

テオ・パパドポロスはもういない。僕は十六歳でテオ・カトラキスとして生まれ変わり、アメリカに渡って叔父の跡を継いだ。裕福になり、権力を手に入れた僕を、誰も傷つけることはできない。

しかし、サントリーニ島の丘の中腹に立ち並ぶ松《たい》明《まつ》の明かりの中でエミーにほほえみかけられると、テオの胸はざわめいた。そして、彼は生まれて初めて本物の恐怖を感じた。もしもエミーが真実を知ったら、いったいどうなるのだろう?

9

エミーは夫の腕にしがみつきながら、バロック様式の大邸宅まで続く松明《たいまつ》の横を通り過ぎた。暖かい夏の夜なのに、寒気を覚えた。

赤いスパンコールがあしらわれたノースリーブのカクテルドレスに海風が吹きつける。スパンコールの大きさと輝きは、左手の薬指を飾る十カラットのダイヤモンドにも負けていなかった。

エミーは緊張しながら左右を見まわした。サントリーニ島の二千万ユーロの豪邸で開かれる夜会もふだんの夜の一コマであるかのように、お金をかけていながら華美には見えない人々が続々と到着する。

エミーの望みは、この場に溶けこむことだった。そう、夫に恥をかかせないこと、なぜ私なんかと結婚したのかと人々に思わせないことだ。

しかし、大きな両開きのドアを抜け、制服姿のウエイターたちに銀のトレイからシャンパンを差し出されたとき、エミーは自分が場違いであることを感じないわけにはいかなかった。他の招待客たちは生まれながらにして幸運を手にしているか、自ら勝ち取った人たちだ。でも、私は違う。私が成し遂げたのは妊娠だけ。

舞踏室に入ると、エミーは張りつめた顔でテオを見つめた。彼はゴージャスで、完璧にこの場に溶けこんでいた。

彼の心の奥底にある感情や闇を知るのは私一人。でも、あなたが知らないこともある。頭の中の声がささやいた。そしてあなたは知るのを恐れている。

「セリーヌの曽祖父がここを建てたのは第一次世界大戦の前だ」テオが説明した。「僕もそれくらい前から彼女の父親にパリの土地を売ってくれるよう交渉している気がするよ」

「何回くらい交渉したの？」

「少なくとも五回は。最初は数年前、君に出会う前だ。ニコともまだ知り合っていなかったな。ああ、あそこに彼女がいる」

セリーヌは小柄でほっそりしたブロンド美人で、シンプルなベージュのスリップドレスを着ていた。

「テオ」近づいてきた彼女が爪先立ってテオの頬にキスをした。

「パーティを開いてくれてありがとう」テオがほほえみながら、混雑した舞踏室を見まわした。

セリーヌが口をとがらせ、彼のタキシードの襟を軽くたたいた。「結婚式に招待してもらえなかったのに、どうしてこんなに親切にしちゃったのかしら？　はじめまして」彼女がエミーに視線を向ける。

「あなたが幸運なミセス・カトラキスね」

さっきテオにほめられたものの、シックなフランス人女性と比べると、エミーは自分がディスコのミラーボールみたいにけばけばしく思えた。

「お知り合いになれてうれしいわ」女学生が習うような初歩的なフランス語でたどたどしく言った。残念ながら、今日の午後にヨットで練習したときほどうまくは言えなかった。

セリーヌが驚いた顔をしてから、エミーの両頬にキスをした。「パーティを楽しんでね」

エミーはばかなまねをした気がして頬をほてらせ、テオのほうをちらりと見た。彼は去っていくセリーヌを視線で追っていた。

「テオ」

彼がこちらを向いた。「みんなに紹介しよう」

だがエミーは、テオの目が元恋人にそそがれているのを見ていた。彼は何を考えているのだろう？もしかしたらこれも私が知るのを恐れていることなのかもしれない。

それから一時間、テオはエミーを、自分やセリーヌと同類である裕福な有名人たちに紹介した。エミーは財界の大物や政府高官や映画スターたちと握手をしたり、頬にキスを受けたりした。人々は皆、おめでとうと彼女に言った。その口がゆがんでいるのを見れば、何を考えているのかわかった。

英語とイタリア語とスペイン語を自在に操りながら二人の男性と話しているテオのそばに、エミーはしばらくぼんやりと立っていた。それから一言断ってビュッフェテーブルに近づき、オードブルを皿に取って片隅に行った。夜が更けるにつれて客たちは酔っ払い、どんちゃん騒ぎを始めていた。

「マダム・カトラキス」

振り返ると、セリーヌがいた。エミーはぎょっとしたが、精いっぱいの笑顔を作った。「エミーと呼んで」

セリーヌが優雅にほほえんだ。「ありがとう」だが、私のことはセリーヌと呼んでとは言わなかった。

「あなた、退屈そうね。私が楽しませてあげるわ」

「いいえ、私は――」

「こっちよ」エミーに断る隙を与えず、セリーヌが歩きだした。

エミーは皿を置いてセリーヌのあとを追った。セリーヌが暗証番号が必要なドアを通って細い階段を上がると、そこは舞踏室の上にせり出したバルコニーだった。手すりの前に立てば、パーティ会場全体が見渡せる。踊る人たち、噂話《うわさばなし》に興じる人たち、隅でいちゃつくカップル……。

「ぞっとするでしょ?」セリーヌがため息をつき、近くの小さなソファに置いてあったタバコの箱から一本取り出して火をつけた。視線はエミーの腹部にそそがれている。「あなたは黄金のチケットを手に入れ、彼の妻になった。どうやったの？　避妊具に穴をあけた？　ピルをのんでいるふりをした?」

「えっ?」

「彼は私のものになるはずだったのに」セリーヌが言い、まだ二人の男性と熱論を交わしているテオに視線を転じた。「でも、そうなる前に彼に別れを告げられたの」彼女の視線がまたエミーの腹部に戻った。「うまくやったわね」

「そうじゃないの」エミーは抗議した。「彼を罠《わな》にかけたわけじゃないわ」

セリーヌがタバコを吸い、エレガントに煙を吐き出してから、冷たい笑みを浮かべた。「違うっていうの?」

この女性は、私が計略をめぐらせて妊娠したと言っている!

実際そうじゃないの?

テオがコルコバードの丘のライトアップされたキリスト像の下でキスをしたあと、イパネマ・ビーチに戻るまでの蒸し暑い道のりのことはほとんど覚えていない。ただ、ホテルのスイートルームに連れていかれながら、自分が震えていたのは覚えている。彼に巨大なベッドに横たえられ、ぎこちなくキスを返したことも。二人は互いの服をはぎ取り、キスし、肌を味わった。そしてついに、苦しくなるほどゆっくりと一つになった。

「二人とも……」エミーは頬をほてらせた。「何も考えていなかっただけよ」

セリーヌがまばたきをして、エミーをまじまじと見つめた。タバコがみるみる灰になっていく。「テオが避妊を忘れたってこと？　あのテオが？」

立ち入った話になってきた。「あなたには関係ないことよ」エミーは後ずさりしながら言った。「私たちのためにパーティを開いてくれてありがとう。でも、もう夫のところに戻らなくちゃ」そして、できる限りの威厳を持って立ち去ろうとした。

「あなたじゃ彼を満足させられないわ」セリーヌの美しい顔がいらだちにゆがんだ。「小太りの秘書のあなたじゃね。あなたは使用人以外の何者でもない。彼の子供を育て、彼の求めに応じながら、お払い箱になるまでの日にちを数えることね」

彼女の無礼さに、エミーは息をのんだ。

セリーヌがかまわず続けた。「あなたはまんまと彼と結婚したかもしれない。でも、彼は決してあなたを愛さないわ」エミーが苦悶《くもん》の表情を浮かべると、セリーヌがうれしそうにほほえんだ。そしてタバコを深々と吸い、煙を吐き出した。「残りのパーティを楽しんで、さえない秘書さん」

「それじゃ、本当なんだな」ジョヴァンニ・オルシーニが言った。

「何が？」テオは尋ねた。

カルロス・モンドラゴンが愉快そうに眉を上げ、

テオの背後に目を向けた。「君が結婚したことだ」

振り向くと、不安げな顔のエミーが混雑した舞踏室の中をセリーヌのあとについていくのが見えた。

いやな予感を覚えつつも、テオの視線は赤いドレスに包まれた妻のセクシーな体と愛らしい顔に釘《くぎ》付けになった。思わず口元がほころんだ。

「信じがたいよ」ジョヴァンニが言い、スコッチを一口飲んだ。「彼女を選ぶとは」

「名誉を重んじるのはいいことだ」カルロスが言う。

年に数回顔を合わせるこの二人の大物は、テオがアルクールの土地について情報を得ようとしているにもかかわらず、スポーツの話題に終始した。その話題が急に変わり、彼は困惑してまばたきをした。

「なんの話だ？」

二人の男が顔を見合わせた。

「結婚のことだよ」ジョヴァンニが言った。

「君の秘書との」カルロスが言い添える。

テオは体を硬くした。「それがどうした？」

「もちろん、自分の子供とその母親を養うのは正しい。だが、結婚だって？　秘書と？」

「君がそんな俗物だとは思わなかったよ、ジョヴァンニ」

ジョヴァンニが肩をすくめた。「情事はけっこうだが、気をつけないとトラブルになる。結婚は僕たちのような地位の男にとっては重大事だ。ただの秘書を妻にしたら、一大帝国を築くのはむずかしい」

テオはジョヴァンニのエミーに対する侮蔑的な言葉にむっとした。美貌とやさしい心を持つ妻がただの秘書と評されるのを聞き、突然、息もつけないくらいの怒りに駆られて友人を殴りそうになった。

だが、なぜだ？　彼の言葉は明らかに真実をついているのに、なぜこんなにも僕は怒っているのか？

いったいどうしたんだ？

冷静になれ。テオは自分に命じた。

それから、黙っているスペイン人のほうを向いた。「カルロス、君は？　君も同じ意見なのか？」

カルロスが肩をすくめ、目を合わせずにスコッチの残りを飲み干した。「愛のために結婚するのは愚か者だけだ」

愛？　愛は最悪の弱さの表れだ。「これは愛の問題じゃない」テオは言い返した。「エミーは僕の息子を身ごもっている。息子には僕の姓を名乗らせなければ」

「気高い考えだ」

「ああ、高潔だ」カルロスがウェイターにもう一杯と合図した。

テオはますますいらだった。「もし君たちに同じことが起きたら、わかってもらえるだろう」

「僕にトラブルは起きない。絶対に」

「僕にもだ」ジョヴァンニも言った。

「君たちが父親になったら話をしよう。それまでは、わからないことには口を出さないことだ。自分の子供の面倒を見ない男は、男じゃない」

二人が顔を見合わせた。

「そのとおりだ」ジョヴァンニが折れた。

カルロスがいらだたしげにかぶりを振った。「話がまじめになりすぎたな。ビジネスについて話そう」込み合った舞踏室を見渡し、身を乗り出してささやく。「ピエール・アルクールが新しい開発業者を探しているそうだ」

テオは息を吸いこんだ。「パリの土地だな？」

ウェイターのトレイから新しいスコッチのグラスを取り、カルロスがうなずいた。

テオは胸の高鳴りを抑えようとした。パリにあるアルクールの土地は街の中心部にある最後の大きな未開発区画で、そこを手に入れるのが彼の長年の夢だった。数年前、セリーヌと初めて会ったのも、彼女の父親に開発計画を持ちかけていたときだった。

ピエール・アルクールは何年もの間、先祖代々の土地を開発業者に売るべきか逡巡《しゅんじゅん》していたが、テオは決してあきらめなかった。セーヌ川沿いにある広大な駐車場を見たときから、そこをどう開発するかで頭がいっぱいだった。土地利用規制を調べ、設計や景観のデザインに数百万ユーロを費やした。昨年、アルクールが別の会社を選んだときには苦労が水の泡になったと思ったが、流れが変わった。

「オールモンド社はどうなった？」

「資金調達がうまくいかなかったようだ。愛人から聞いた。彼女の従兄《いとこ》がそこで働いているんだ。アルクールは今、潤沢な資金と安定性を持つ取り引き相手を求めている」ジョヴァンニが鼻を鳴らした。「まさにおまえのことじゃないか」

テオはからかいを無視した。「アルクールはここにいるのか？」

「娘のばか騒ぎにつき合うと思うか？　彼はパリにいる――おい、どこへ行くんだ？」

テオは別れも告げず、妻を捜しに行った。

ベージュのスリップドレスに身を包んだ女性たちの中に燃えるような赤いドレスを着たエミーが見えた。スパンコールがなくても、彼女は星のごとく輝いていただろう。

だが、エミーは肩を落としていた。セリーヌに何かぶしつけなことを言われたのだろうか？

時計が真夜中を告げ、周囲から大きな歓声がわき起こった。セリーヌの夏のパーティでは零時を境に、音楽がクラシックから、一晩に何十万も稼ぐ有名DJがアレンジするクラブミュージックに変わるのが恒例なのだ。裕福で美しい人々がダンスフロアに押し寄せ、色とりどりのライトが点滅した。

混雑した舞踏室の端にいるエミーと目が合った。夢のように美しい妻の姿と曲のビートがテオを奇妙な陶酔へと導いた。

胸が締めつけられ、口が乾いた。

テオは恍惚《こうこつ》状態から我に返ると、人込みの中を進んだ。セリーヌがエミーに何を言ったのかききたかったが、ただ一言だけ口にした。「もう帰ろう」

「ええ」エミーが静かに応じた。

疲れているのだろうか？　テオは彼女の腕を取り、もう一方の手でタキシードのポケットから携帯電話を取り出した。

二人は大邸宅をあとにした。テオのスピードボートは、二人が桟橋の端に着く前にすでに止まっていた。操縦士のヤニスは機敏なのが自慢なのだ。

ボートで停泊しているヨットのほうへ急いで戻る間、テオはシートに座り、エミーに腕を回した。

「悪い知らせだ」彼は低い声で言った。

月明かりに照らされたエミーが目を見開いた。

「どんな知らせ？」

テオは彼女の小さな手を握った。「ハネムーンを切りあげないとならないかもしれない」

「どうして？」エミーが唾をのみこみ、ささやく。

「気が変わったの？」

テオは彼女の手を口に持っていき、そっとキスをした。「パリに行くんだ。ピエール・アルクールとオールモンド社の取り引きが決裂したんだよ」

「パリ！」エミーが息を吸いこんだ。彼女の顔に驚きに続いて喜びが浮かぶのを見て、テオはほほえんだ。自分にとってパリが何を意味するのか、エミーがわかっていることに感動した。

「ヨットでパロス島まで行く。そこで自家用機がパリへ行くための燃料を満タンにして待っている」

「パロス島からパリへ」エミーが笑い、それから沈んだ顔で尋ねた。「あなただけ飛ぶの？」

彼女の手を握ったまま、テオは近づいてくるヨットを見あげた。「新しい提案書を作るのに全精力を傾けなくては」彼は低い声で言った。「これから一カ月間は一日十六時間労働だ」

「十八時間労働ね」エミーが訂正した。

彼女は僕のことを知りすぎている。テオはにやりとした。「十八時間労働だ」

「だったら私を連れていって。私が力になれるのはわかっているでしょう？」

わかっている。彼女は僕の右腕であり、パートナーであり、友人だ。「いや、連れてはいけない」

「どうして？」

欲求を抑えつけ、テオは首を横に振った。「君が言っていたように、君はもう僕の秘書じゃない。ニューヨークで家族や友人の近くに住まわせると約束しただろう。それに君は妊娠している。一日十八時間も働くなんて無理だ」

エミーが考えこんだ表情で頬を撫《な》でた。「新しい提案書を作るのに一カ月かかると思う？」

「もっとかかるかもしれない。それに、君は快適な家で、愛する人たちと一緒にいたいだろう？」テオは残念そうにほほえんだ。「僕は今夜発《た》つ。パリに着きしだい、自家用機をパロス島に戻す。明日君が目覚めたら、自家用機が君を家まで送ってくれる」

だが、エミーはかたくなだった。「たぶん、あなたが思っているより早く仕上がるわ。去年の提案書があるんだから」

「アルクールはすでにそれを却下したんだ。全面的に作り直さなければならない。ロンドンとニューヨークからスタッフを追加で呼び、派遣会社から秘書を雇おう。今回はピエール・アルクールだけでなく、彼の娘も魅了しなくては」

「娘も……」エミーのまなざしが暗くなった。「セリーヌもパリに行くの？」

テオは肩をすくめた。「一人娘だからね。アルクールは彼女の意見を尊重している」

エミーは月明かりに照らされた海を眺め、震えているように見えた。首筋も腕も脚もむき出しなのだから、寒くて当然だ。テオは彼女の肩に腕を回した。

「君がオフィスにいないのは残念だよ。ベッドにも」テオはからかうように言ったが、エミーは目を合わせようとしなかった。彼はため息をついた。

「ニューヨークに戻ったら、派遣会社から届く秘書のリストに目を通してくれ。少なくとも君が勧める人材を――」

エミーがさっとこちらを向いた。「パリに一緒に行くわ」

テオはまばたきをした。「えっ？」

「秘書をするわ。前みたいにね」

〝だが、君はもう秘書じゃない。僕の妻だ〟そう言うべきなのはわかっていたが、何かがテオを引きとめた。エミーが秘書として手を貸してくれれば、目的を達成できる可能性が高くなる。妻としては、夜を情熱的にしてくれるだろう。

「本当にそれでいいのか？」テオは念を押した。

エミーが長いまつげの陰から彼を見つめ、ほほえんだ。「あなたの秘書は私以外には務まらないわ」

「そうだな」テオは感謝の気持ちがこみあげてくるのを感じた。「ありがとう、エミー」

エミーと目が合うと、鼓動が乱れた。テオは彼女を引き寄せ、両腕で包みこんだ。白いシャツに豊かな胸が押しつけられ、エミーにキスをしたくなったが、ヤニスがちょうどスピードボートをヨットに近づけたところだった。

時間がない。テオは息を吸い、エミーを見た。「あと二時間でパロス島に着かなくては」

「そうね」エミーがすぐに頭を切り換え、離れようとした。「パリ支社に電話して――」

「その前にこれを」テオはささやき、頭を下げて彼女にキスをした。

10

「終わりだ」ある晩、パリのオフィスでテオが突然言った。「出かけよう」

「終わり？」エミーはぼんやりと顔を上げた。「どういうこと？　作業はまだ――」

テオがエミーの片手からタッチペンを、もう一方の手からタブレットをそっと取りあげた。「できることはすべてやった。あとはチームにまかせよう。どうだい、みんな？」

「ボス、まかせてください」フランス語と英語で力強い返事が返ってきた。

エミーはまばたきをし、周囲を見まわした。この一カ月間、提案書のために集められたスタッフは全力を尽くしてきた。数字を計算し、技術的、法律的なデータをチェックし、目を見張るほど見事な提案書を作成した。明日の朝、ピエール・アルクールと彼の娘に見せることになっている。

妊娠中のエミーは、一日十六時間労働をこなすのが少しむずかしくなっていた。なんといっても毎晩、本来なら睡眠に充てるべき時間に夫と情熱を交わしているのだから。でも、そのことは後悔していない。炎のように熱いテオの愛撫《あいぶ》に、どうしてあらがうことができるだろう？

明日、ラ・デファンス地区にあるアルクールのオフィスで正式に提案書を提出すれば、ほっとできるだろう。テオはうまくいくと確信していた。だが、エミーはそうではなかった。アルクール側が修正を要求し、ライバル社の売り込みをちらつかせて数週間、いや、それ以上かかるかもしれない交渉に持ちこむのではないかと疑っていた。

エミーは自分が間違っていて、テオが正しいことを願った。そうすれば明日の夜にはニューヨークに戻れる。自分のためというよりも赤ん坊のために一晩ぐっすり眠りたいし、家族に会いたかった。

スウェンソン一家はみんな元気だった。弟たちは全員アパートメントを出ていったが、父親のカールは長男と次男とともに〈スウェンソン&サンズ・プラミング〉を切りまわし、昼間は一緒に過ごしているので、寂しがってはいなかった。三男のサムは二十一歳で看護学校に入学し、ジャージーシティでガールフレンドと暮らしている。十九歳の末っ子ダニエルはタルサ大学でサイバーセキュリティを学ぶため、オクラホマへ旅立ったばかりだった。何もかもテオが快く費用を出してくれたおかげだ。

ホノーラはまた妊娠し、エミーとテオがニューヨークに戻ったら二人のために出産祝いのパーティを開くと約束してくれた。エミーはそれを楽しみにしていた。

だが、テオには彼の夢を実現させると誓った。だからまずそれをやり遂げなくては。エミーの望みは、彼が幸せになることだった。

「私は大丈夫よ」空腹で、疲労のあまり膝ががくがくしていたが、エミーは元気よく言った。「特別扱いはしないで。最後までやり遂げるわ」

「エミー、これは特別扱いなんかじゃない。君は誰よりもがんばってきたんだから」テオが温かいまなざしを向けた。

がんばってきたのはあなたのためよ。エミーの喉に熱いものがこみあげた。この一カ月間、完璧な妻、完璧な秘書であることに精力を傾けてきた。彼に認められ、称賛され……。

愛されたくて?

呼吸を整え、エミーは首を横に振った。「ここにいるわ」

テオが敬意をこめて見つめるとエミーに近づき、パソコンのまわりでしゃべっている社員たちから離れた静かな隅に連れていった。

「リオを覚えているかい?」彼がささやいた。

エミーはほほえみ、両手をおなかのふくらみに当てた。「ええ」

「出張で世界を飛びまわっていたとき、君はよくオフィスから一歩も出なかったと文句を言っていた。君は正しかったよ。だから今夜、この光の都を君と一緒に楽しみたい」テオがエミーの手を取った。

「僕たちの勝利を祝うために」

勝利という言葉にエミーは眉を上げた。「いつも勝利という言葉を軽々しく口にするなと言う人の言葉とは思えないわね」

「今回は違う」

「どうしてわかるの?」

テオが肩をすくめた。「直感だよ」

「他の開発業者もいい提案をして——」

「彼らは負けて、僕たちが勝つ」テオが頭を下げ、エミーの耳に唇を寄せてささやいた。「お祝いしよう」頭を起こした彼に見つめられ、エミーは震えた。

「わかったわ」

テオがオフィスを見まわして声をかけた。「明日、アルクールのオフィスで会おう」

社員たちの歓声に敬礼で応えたテオは、エミーにエルメスのバーキンを渡し、エレベーターへと促しながら横目で彼女を見た。

「なあに?」プラダの靴と色を合わせたベージュのバッグの取っ手を握りながら、エミーは尋ねた。

「この一カ月がどんなにすばらしかったか考えていたんだ」

「ええ、本当にすばらしかった」

「それで——」そこで一階に着き、テオが残念そうに笑った。「続きはあとで話そう」

エミーはロビーを歩きながら、話が先延ばしになったことをテオが喜んでいる気がした。おかしい。何かを先延ばしにするのは彼らしくない。いつもなら、欲しいものは必ず手に入れようとするのに。

テオはエミーをパリの並木道へと連れ出した。エミーは夢見心地で彼を見あげた。イタリア仕立てのスーツを着こなしたテオはすてきだった。そしてエミーもまた、彼にふさわしく装っていた。クリーム色のシルクのシャツとキャメルのカシミアのスカートに身を包み、耳にはパール、左手には巨大なエメラルドカットのダイヤモンドをつけている。

パリに到着したとき、テオはエミーに新しいシックな衣装が必要だと主張した。〝世界で最も華やかな街で僕のために戦うには、それなりの鎧《よろい》が必要なんだ〟

セリーヌを思い浮かべながら、エミーはしぶしぶ同意した。上質な生地、完璧な仕立て、ブランドのロゴはいっさいなく、色は黒、白、ベージュの三色――それがテオの言う〝シック〟の定義だった。先月から毎朝六時にはヘアスタイリストがやってきて、エミーの髪をブローし、つやつやにしてくれた。

テオは間違っていなかった。エミーは自分の服装が他人に敬意を抱かせるのを身をもって知った。かっちりした仕立ての服に体を押しこめ、七月のパリで暑い思いをしたかいがあったというものだ。

ニューヨークに戻ったら、ゆったりとしたサンドレスやTシャツやマタニティショーツで過ごそう。睡眠時間は毎日十二時間か、それ以上とろう。

「明日のことを考えているんだ」テオが唐突に言った。

「提案書のこと？」エミーは歩道で足を止めた。「戻りましょうか？」

「いや、そのことじゃない」彼が唇をなめた。「ニューヨークに戻ることについてだよ」

エミーが出産予定日を間近に控えていることもあり、フライトには医師が同行することになっている。彼女は安心させるようにテオにほほえみかけた。

「交渉で数日遅れても大丈夫よ。自家用機を所有していてよかったのは、スケジュールを変更しても追加料金がかからないことね」

テオがしばしエミーを見つめ、それから彼女の肩の向こうに目をやった。「ああ、あそこだ」

つややかなベントレーが少し先の縁石で二人を待っていた。エミーは歩きながら新鮮な空気を吸いこんだ。オフィスを離れ、すばらしい気分だった。しかもここはパリだ。葉の茂った木々や重厚な建物を通り過ぎると、大通りの突き当たりにある壮大な凱《がい》旋《せん》門が、太陽が沈むにつれてピンクに染まっていくのが見えた。待機していたベントレーの後部座席に乗りこむと、なめらかな革の感触が官能的だった。

「どこへ行くの？」エミーは夫に尋ねた。

「まずディナーだ」テオがエミーの手の甲にキスをし、熱いまなざしを向けた。「おなかはすいている？」

「ぺこぺこよ」エミーはささやいた。

「いいね」こちらを見おろすテオの表情に胸が締めつけられた。

黒い瞳に欲望以上のものを見たからだろうか？秘書としての私への称賛以上のものを？

もしかしたらテオは……。

〝彼は決してあなたを愛さないわ〟

セリーヌの辛辣な言葉が頭の中に響き、つかの間の希望は消えていった。

セリーヌに嫉妬する理由はない。今ならわかるが、彼女に対するテオの関心は、ピエール・アルクールに対するものと同じだった。彼にとって二人は、カトラキス社を開発業者として選ぶよう説得すべき不動産所有者にすぎなかったのだ。

しかし、そう考えてもすっきりしなかった。問題はセリーヌの言葉だった。エミーはその言葉が真実であることを恐れていた。

この一カ月間はその恐怖から目をそらそうとしていた。考える時間も感じる時間も自分に与えないよう、仕事に集中した。

だが、パリの街を走る車に乗っている今は、計算すべき数字も照合すべきデータもない。夕暮れのエッフェル塔やノートルダム大聖堂の有名な怪物《ガーゴイ》の石像《ル》群を指さす夫の横で、エミーは突然すべてを悟った。完璧な妻であり秘書であろうと懸命に働いた理由と、テオに認められ、尊敬されようと必死だった理由を。

彼を愛しているからだ。

テオがどんなに傲慢かを知っていても、私は愚かにもこの複雑な男性に心を捧《ささ》げてしまった。

私を求め、秘書としての手腕を高く評価しながらも、彼が私を愛することはない。最初からそう警告されていた。エミーはふいに涙ぐみ、まばたきをした。それでも希望はわずかでもまだあるだろうか？

運転手付きの車で街の観光名所を回ったあと、テオはセーヌ川のプライベートクルーズでのディナーを用意していると告げてエミーを驚かせた。

テオは誇らしげにほほえんだが、エミーが黙っていると、笑みを消した。「気がのらないなら、カフェ・ド・ラ・ペに予約を入れることもできるよ」

「二人きりのディナークルーズなんてすてき」エミーはなんとか言葉を絞り出した。

しかし、デッキに座り、キャンドルに照らされて二人だけのディナーを楽しみながら、セーヌ川沿いの闇に浮かぶ夢のような街の明かりを眺めていると、なぜかまた泣きそうになった。

テオが困惑した表情で、ほとんど手をつけていない彼女の皿を見おろした。「料理に何か問題が？」

「いいえ、おいしいわ」エミーはそう言うと、トリュフソースをかけたシャトーブリアンや濃厚なチーズ、オレンジのタルトをどうにか口に運び、薔薇《ばら》の香りのする炭酸水で飲み下した。

二人は真夜中にセーヌ川を見おろす十八世紀の〈オテル・パティキュリエ〉に戻った。テオが鉄の門のパネルに十桁の暗証番号を打ちこんだ。

「君は本当に美しい」テオがクリーム色のシルクのブラウスとキャメルのスカート姿のエミーを眺め、かすれた声で言った。「一晩じゅうこうしたかった」そして錬鉄製のフェンスに彼女を押しつけ、貪欲にキスをした。

それから重厚な正面玄関のドアのほうにエミーを促し、もう一度暗証番号を入力して壮麗な建物の中に導いた。

主寝室に入ると、テオは月光とセーヌ川を行き交う船の明かりしか入らない薄闇の中でエミーを見つめた。そして彼女のブラウスを脱がせ、白いレースのブラジャーに包まれた豊かな胸をあらわにしてから膝をつき、スカートの後ろのファスナーをゆっくりと下ろした。

エミーは震えながらテオを見おろした。高い頬骨と少しゆがんだ鼻筋、髭《ひげ》の伸びかけた顎に影が落ちている。冷たいまでに整った顔には欲望が浮かんでいた。

テオが立ちあがり、エミーを大きな四柱式ベッドにそっと横たえた。彼女のハイヒールを片方ずつ脱がせ、それぞれの足にキスをしてから、ブラジャーとショーツを取り去った。

そのあと体を起こし、身につけているものを順番に脱いでいって、すべて床に落とした。

夫が生まれたままの姿で堂々と目の前に立つと、エミーの目はたくましい胸と腕、筋肉質の腿、そして傷跡のある足首へとそそがれた。体が欲望にうずき、エミーは無言で腕を伸ばした。

ベッドに横になったテオが慎重にエミーの体を自分の上に引きあげ、情熱的に愛撫した。結婚したときから毎晩そうしてきたように、彼女を快楽で満たした。ただ、今回は少し違った。

二人の呼吸が落ち着いたあと、テオが月明かりの中でエミーを抱きしめた。エミーがテオの胸に頭を預けると、彼が髪を撫《な》でた。

そしてエミーは静かに泣いた。

自分がテオを愛しているのはわかっていたが、さらに悪いことに、エミーは彼に愛されたかった。

二人が友情や敬意やセックス以上のもので結ばれることを望み、永遠に続く愛を求めていた。

エミーの濡《ぬ》れた頬に触れたテオがその手を止め、薄闇の中で顔をしかめた。「泣いているのか？」

「違うわ」彼女は嘘《うそ》をついた。

「エミー？」テオが心配そうに体を起こした。「どうしたんだ？」

「なんでもないの」

「働きすぎて疲れたんだ」エミーが何も言わないと、テオがため息をついた。「家族が恋しいんだな。ホームシックだ」

二人の体はまだからみ合っていたが、エミーはこれほど彼を遠くに感じたことはなかった。

テオの胸から頭を上げると、彼が魂まで貫くような瞳で見つめた。これから待ち受ける痛みを思い、彼女はパリの夜空に低く垂れこめた暗雲のほうを見やった。

「そうよ」エミーはささやき、テオを見た。「あなたは家に帰りたくないの？」

家だって？

テオは開け放たれた窓から差しこむ街の明かりの中でエミーを見つめた。ついさっきまで、二人は恍《こう》惚《こっ》の境地にいた。

今、彼は自分がどう感じているのかさえわからなかった。ただ、気分がよくないことだけは確かだ。

パリにいた一カ月間、テオはサントリーニ島で感じたのと同じ、くつろぎと喜びの中にいた。これが幸せというものなのだろうか？　他にどう表現したらいいのか、言葉が見つからなかった。自分が信頼を置くチームと提案書の作成に日数と労力を費やし、それが形になっていくのを見ている満足感はすばらしかった。しかも最終的に勝つと確信しているのだ。仕事に集中している間は、思い出したくないことをすべて忘れ去り、自分が死ぬべきだったという頭の中の声を黙らせることができた。

秘書の〝ミス・スウェンソン〟も取り戻した。エミーは必要なことを徹底的に調べてくれた。臨月間近にもかかわらず、疲れ知らずで、すべてをてきぱきとこなした。テオの夢を実現させるという目的のために、一日の大半を費やしてくれたのだ。

そして夜になると、テオの妻、世界で最もセクシーな女性に変身し、彼の世界を情熱で満たした。

幸せ。そう、これは幸せだ。

エミーと一緒にニューヨークに戻ると約束した日が近づくにつれ、このすばらしい生活を続けたいと願うのも無理はなかった。

入札を勝ち取った開発業者はおそらく何年もパリに残って建設を監督することになるだろう。会社にはそれをまかせられる人材がいるが、もし自ら監督したくなったらどうする？　あるいは、ニューヨークから遠く離れた場所で新しく刺激的なプロジェクトを立ちあげたくなったら？　世界は空き地だらけで、僕が高層ビルや店舗や公園を建設するのを待っている。未来に限界はない。

エミーがそばにいればなおさらだ。

だからテオは今夜エミーに新たな提案をするつも

りだった。彼女は僕のそばで十六時間労働を続ける。養育係《ナニー》も出張に同行し、子供の世話をする。完璧だ。

しかし、クルーズ船の上でエミーと向かい合ったとき、役員室やアマチュアボクシングのリングでは常に恐れられるテオ・カトラキスはおじけづいてしまった。

いや、おじけづいたのではない。彼は自分に言い聞かせた。まだ機が熟していないと気づいただけだ。タイミングがすべてだから。

テオは妻を幸せにしたかった。しかし、ニューヨークに落ち着いて息子の誕生を待ち、子供部屋を準備して、家族や友人からの際限のない干渉に対処するのはいやだった。彼は自分の企業帝国を築きたかった。仕事がしたかった。仕事は彼の人生そのものだった。

そしてエミーとも一緒にいたかった。オフィスでも、ベッドでも。

テオはエミーを大切に思っていた。エミーはテオの唯一の理解者であり、欠点や限界を見抜きながらも、ありのままの彼を受け入れてくれる存在だった。彼女がそばにいれば、何も偽る必要はなかった。

少なくとも今までは。

テオは無理にほほえんだ。「もちろん、家に帰りたいよ」

エミーがテオの腕の中で彼を見つめた。「だったら――」

「だが、ニューヨークが僕たちの唯一の住まいでなければならないのかい?」テオは彼女の頬から汗ばんだ髪を払った。「世界は広い。どこにでも家を持てる」

エミーの愛らしい顔が曇った。「ニューヨークが好きなんだと思っていたのに。あなたの本拠地でしょう?」

「会社の本拠地だ。僕のじゃない」

「五千万ドルのペントハウスを買って住んでいるじゃないの」

テオは肩をすくめた。「あれは投資だよ、世界じゅうに持っている他の物件となんら変わりはない」彼はエミーの手を握った。「僕たちはどこにでも住める」

エミーが彼を見つめた。「でも、私の家族はニューヨークにいるわ。パリに滞在するのは提案書を仕上げるまでのことよ。終わったら家に帰ると、あなたは約束したわ」

「ここで働いて幸せだっただろう？」テオは彼女に回した腕に力をこめた。「ここでの生活を楽しんでいたんじゃないのか？」

突然、エミが体を離してベッドから出ると、クローゼットから白いローブを取り出して身を包んだ。

「私はあなたが幸せそうなのを見て喜んでいたのよ」そこで彼と目を合わせ、静かにつけ加えた。「あなたを愛しているから」

何を言おうとしたにせよ、喉が締めつけられて言葉が出てこなかった。聞き違いだと自分に言い聞かせ、テオは荒々しく言った。「なんだって？」

月明かりを受けてエミーの菫《すみれ》色の瞳が輝いた。

「私はあなたを愛しているの」

テオは背を向けて立ちあがり、ローブをはおった。

「君は疲れているんだ」

「いいえ。疲れてはいるけれど、だから愛していると言ったわけじゃないわ。本当のことだから言ったのよ。あなたを愛してる」

まるでダムが決壊したかのようにエミーが何度も同じ言葉を繰り返し、テオの心は激しく乱れた。

「どういう意味だ？」

「愛とは……自分よりも相手を優先することだと思うわ」エミーが静かに言った。

テオは唇をゆがめた。「奴隷になるってことか？」

エミーが打ちのめされた表情でテオを見つめた。

「そうじゃないわ」その顔に切なげな笑みが浮かぶ。「二人が愛し合っているなら、そんなことにはならない」

愛し合う……。

記憶がよみがえり、テオの胸を突き刺した。

〝私は彼から離れられないの。私たちは愛し合っているのよ〟母親が血走った目で言った。

〝彼に殺されるよ、母さん。僕もソフィアも〟

テオはふらふらとバルコニーに向かった。強くならなければならない。両手を拳に握り、落ち着くよう自分に命じた。冷静になれ。

だが、うまくいかなかった。

新鮮な空気が必要だ。バルコニーに出ると、夜気は暖かく澄んでいた。頭上では雲が銀色の月以外のすべてをおおっている。眼下にはセーヌ川が流れ、対岸には明かりがともって、その向こうにシテ島にそびえ立つノートルダム大聖堂が見えた。

エミーが黙ってついてきた。テオは深呼吸をした。

「僕は君に愛されたくない。僕が欲しいのは対等な関係だ。それぞれが望みどおりの人生を送り、誰も犠牲にならず、誰も傷つかない関係なんだ」

「ごめんなさい」エミーが肩を落とし、顔を伏せた。

テオはエミーを失望させた自分を憎んだ。彼女を傷つけたくなかったのに。「君は僕を好きにならないと誓ったはずだ」

エミーが暗い川を見おろした。月の光が雲の切れ間から差しこみ、彼女のなめらかな頬をなぞった。

「あなたはニューヨークに住むと約束したわ」

テオは突然、エミーが望んでいたような生活を送るのは不可能だと悟った。彼女はフルタイムのナニーを雇うことには決して同意しないだろう。金や名声のために子供と離れるようなことはしないはずだ。

エミーにとって大切なのは愛だ。だが、僕は彼女に愛を与えることができない。

エミーの手がそっと肩に置かれた。「いいのよ、テオ。あなたが私を愛せないことはわかっているの。私がいけないのよ」そこでいたずらっぽく笑った。「あなたが魅力的すぎるのも少しはいけないけど」

こんなときでさえエミーは冗談を言い、この場の雰囲気をやわらげようとしている。テオは笑みを返そうとした。「もし僕が誰かを愛せるなら……」

「わかってる」エミーがローブのポケットに手を押しこみ、深呼吸をした。「なんとか乗り越えるわ。この話はもうおしまい」彼女は背を向けた。「私が言ったことは忘れてね」

しかし、妻が寝室に戻り、月明かりに照らされたバルコニーに一人取り残されたとき、忘れられるわけがないとテオは悟った。

11

どうしてこんな間違いを犯したの？　赤ちゃんを危険にさらしてしまうなんて！

「大丈夫です、ミセス・カトラキス」ニューヨークの空港に向かって下降する自家用機のソファに横たわるエミーのかたわらで、医師が言った。「着陸しだい病院へ向かいましょう」

エミーはまたもや子宮の収縮を感じてあえいだ。

医師が客室乗務員をちらりと見た。「パイロットに緊急事態を伝えてくれましたか？」

「空港に救急車が待機しています」乗務員が答えた。

自分を責めてもしかたなかった。出産予定日までまだ一カ月あったし、初産は遅れるものだと誰もが

「ありがとう」エミーはごくごくと水を飲んだ。「いつか息子に聞かせる笑い話になるわ。大西洋の上空で陣痛に見舞われたなんて」

「おもしろいね」テオが言ったが、彼女と目は合わせなかった。

三十分後にテターボロ空港に着陸したとき、駐機場には救急車が待機していた。エミーはストレッチャーに乗せられて自家用機から降ろされ、救急車に運ばれた。

「一緒に来て」エミーは、顔をこわばらせてそばに立っているテオに呼びかけた。

「スペースがないんです。あとからついてきてもらいましょう」救急隊員の一人が言って救急車のドアを閉めた。

ミッドタウンの病院に到着するころには、エミーは陣痛がひどくて吐きそうになっていた。

「硬膜外麻酔をお願いします」産科医がやってくると、彼女は言った。

言っていたから、油断していた。だが、提案書の修正を求めたピエール・アルクールが最終的にカトラキス社と契約を交わしたときには、提出してから三週間がたっていた。テオは正しかった。カトラキス社が契約を勝ち取った。ただ、エミーも正しかった。予定より滞在が延びたのだから。

テオは何度もエミーに、先にニューヨークに戻るべきだと言った。しかし、彼女はそうしなかった。二人の結婚生活がうまくいくことを証明したかったのだ。テオが愛してくれなくても、夫婦として、家族として一緒にやっていけることを。

その結果がこれだ。

エミーは無理に笑顔を作ってテオに言った。「安心した？」

「ああ」だが、テオのハンサムな顔は青ざめていた。

彼は調理室《ギャレー》に行き、冷たい水のボトルを持ってくると、彼女に手渡した。

と、彼女は頼んだ。

「申し訳ありませんが、もう無理です」産科医が言った。「産道が十分開いていますから、そろそろいきんでもらわなくては」

今産むわけにはいかない。夫がそばにいなくては。

テオはどこにいるの？

空港からここまで車で四十五分、ひどい渋滞なら一時間はかかるはずだった。

「さあ、いきんでください」産科医がそう言って、エミーの膝の間に身を置いた。

エミーはあえぎ、叫び、いきんだ。気絶するかもしれない、いや、死ぬかもしれないと思うまで精いっぱいいきんだ。

ようやく産科医が大事な赤ん坊を取りあげて背を向けると、エミーは大きく息を吸いこんだ。それから首を伸ばしたが、赤ん坊の姿は見えなかった。どうしてこんなに静かなの？　何が起こっているの？

「私の赤ちゃん……なぜ泣いていないの？」汗まみれで泣きながら、彼女は振り返った。「テオ？」

だが、背後にいたのは夫ではなく、産後の処置を始めた看護師だった。エミーは産科医に向き直った。

「私に赤ちゃんを抱かせてください、今すぐ」

そのとき突然、小さな泣き声が聞こえた。最初は弱々しかったが、やがて大きくなり、清潔なタオルに包まれた赤ん坊を抱えた産科医が振り向いた。

「ミセス・カトラキス」産科医がやさしく言った。「息子さんですよ」

小さな新生児はエミーの腕に抱かれると、とまどったようにまばたきをし、あくびをして、黒い瞳で眠そうに彼女を見あげた。目が合ったとたん、実感がわいた。私の息子。

エミーは驚異の念に打たれて赤ん坊の頬を撫《な》でた。

「この子は大丈夫ですか？」

「息ができるまで少し時間がかかりましたが、大丈夫。健康な男の子です」

「ドクター・サンチェス、ありがとうございました」エミーはほっとした。でも、私は一人で出産した。夫は来なかった。彼はすべてを見逃した。

看護師や医師が後処置をする間、清潔な入院着に着替えたエミーはただベッドに座って、赤ん坊の美しさに驚き、肌に触れ、小さな体を抱きしめた。赤ん坊が泣きだすと、看護師に言われて小さな口を自分の胸に当てた。赤ん坊が本能的に母乳を吸いはじめると、喜びと安堵《あんど》感を覚えた。

でも、テオはどこにいるのだろう？

マンハッタンにそびえる高層ビルの向こうに日が落ちはじめるのに気づき、エミーはますます不安になった。事故にでもあったのだろうか？

赤ん坊が眠りに落ちてから、彼の携帯電話にかけてみた。応答はなく、メッセージを残した。

そのあとホノーラと父親と弟たちに電話をかけ、赤ん坊の誕生を知らせた。ホノーラは大喜びで、これからすぐに向かうと約束した。父親と弟たちは緊急の配管工事で忙しかったが、歓声をあげ、明日の朝一番に行くと告げた。

エミーはニュースをチェックしてみたが、高速道路で大規模な玉突き事故が起きたという情報はなかった。そこでまたテオにメッセージを残した。夕食を受け取り、警察に問い合わせようかと考えていたとき、ホノーラが娘を連れてやってきた。

親友が赤ん坊を見て感嘆の声をあげ、ベッドの端に座った。「名前はどうするの？　もう決めた？」

「まだ決めていないの」エミーと結婚して跡継ぎを確保しようと決意したわりには、テオは子供の将来について話すのが苦手なようだった。エミーが名前の候補を挙げると、彼はいつも急ぐ必要はないと言って、話題を変えた。

「そうなの？　結婚して二カ月もたつのに」ホノー

ラがからかうように言って病室を見まわした。「テオはどこにいるの？　ノートパソコンを持ってこっそり出かけた？　超重要な電話をかけに？」

かさついた唇を舌でなぞりながら、エミーはゆっくりと言った。「知らないの」

友人が顔をしかめた。「どういうこと？」

「彼は私が乗った救急車を車で追うはずだったんだけど、まだ……」感情がこみあげ、エミーは手で目をおおった。「もう何時間も前のことよ。電話しても出ないの。事故にあったんじゃないかと心配で」

「ああ、エミー」ホノーラがエミーの肩を軽くたたいた。「心配ないわよ。きっと何か理由があるはずだわ」そう言うと携帯電話を取り出し、誰かにかけた。「もしもし、ダーリン、お願いがあるの」

テオは地獄にいた。

パリを発《た》った瞬間から体がこわばり、みぞおちが締めつけられるような恐怖を感じていた。

結局、望みどおり、テオは入札を勝ち取った。セリーヌでさえ彼を祝福した。

法的な手続きが順調に進めば、まもなく着工できるはずだった。彼の開発計画は、環境に配慮した美しい庭園内に店舗とオフィスと住宅が備わった施設で、二年後には完成する予定だった。

しかし、テオはそのすべてをスタッフにまかせた。エミーのために。

彼は妻にニューヨークに住むことを約束した。せめてそれくらいはかなえてやりたかった。妻を愛せないなら、与えられるものは与えたかった。

エミーと息子には僕よりもっとふさわしい男がいたはずなのに。

〝私はあなたを愛しているの〟

その言葉を口にしたときのエミーの輝くような顔を思い出すと、今でも胸が苦しくなった。

氷の心を持つ僕が自分にはふさわしくないとエミーが気づくまで、どのくらいかかるだろう？

テオがエミーを一人で病院に向かわせたのは怖かったからだ。彼女が痛い思いをするのを見るのは耐えられなかった。それで彼女の愛が冷めてしまうのなら、望むところだった。

テオは公園のフェンスに頭をもたせかけ、ハドソン川の向こうの摩天楼を眺めた。夕日が背後に沈む寸前、最後の赤い光線が暗い川の向こうのガラスとスチールの高層ビルに反射した。

エミーが機内で産気づいたとき、テオは目をおおって逃げ出したくなった。妻の痛みを目の当たりにし、パニックに襲われた。もしエミーに何かあったら？ 赤ん坊を失ったら？ 長くパリにとどまった僕のせいだ。テオは苦悶《くもん》の表情で歩きまわった。これほど自分が無力だと感じたことはなかった。

こんな思いをするのは十五歳のあの日以来だ。

エミーの陣痛はまだ続いているのだろうか？ 息子はもう生まれたのか？

テオは救急車を追いかけるつもりだった。しかし、空港に用意させていたスポーツカーに乗りこみ、リンカーントンネルまでのわずかな距離を走ったところで、目の前が真っ暗になるような恐怖に襲われた。そこでウィーホーケンにある川べりの小さな公園の駐車場に車を止め、死にそうな気分でハンドルに突っ伏した。

〝テオ〟炎がはじける音に混じって母親の悲鳴が聞こえた。〝あなたが彼を殺したのよ！〟

テオは記憶を押しのけ、息を整えようと、ふらつきながら車から降りた。

八月の夕方は蒸し暑かった。テオは公園のフェンスにもたれかかった。会ったこともない実の父親。住む家を与えてくれたが心が通わなかった叔父。母親。継父……。

おまえのせいだ。心の声がささやいた。おまえが二人とも殺したんだ。

今、テオは夜のとばりに包まれつつある高層ビルを眺めていた。

シンガポールでもドバイでも、どこへでも逃げてしまえばいい。妻子を捨てたと軽蔑されるかもしれないが、僕だけは真実を知っている。

エミーは善良で純粋で、赤ん坊は無垢《むく》だ。僕のような男が二人にどんな幸福をもたらすことができるというのか？　苦痛を与える以外に何ができる？

「ここにいたのか」

振り返ったテオは、ニコ・フェラーロが芝生を横切ってくるのを見て驚いた。目をこすってみたが、幽霊ではなかった。友人がほほえんだ。

「ホノーラから電話があったんだ。おまえが病院に来る途中でトラブルに巻きこまれたらしいとね」ちらりと振り返って、ドアを開けたまま止めてあるテオのマセラティを見た。「車のトラブルか？」

「それより、なぜここにいるとわかった？」きいたそばからテオは思い出した。去年、ランボルギーニが盗まれたあと、すべての所有車に位置情報を取得し送信するGPSトラッカーをつけたのだ。それをニコは知っているが、エミーは知らない。

「そういうことだ」ニコがにっこりしてうなずいた。

「それで、こんなところで何をしている？」

「べつに何も」テオは硬い声で応じた。

ニコがため息をついた。「君の妻は一人で陣痛に耐えて出産したあと、君の死体が安置所に運ばれているんじゃないかと心配している。だからホノーラが僕に捜させたんだ。いったい何があった？」

「何もないよ」

ニコが低く笑ってかぶりを振った。「わかったよ。だが、妻に頼まれたんだ。だから選択肢は二つ。エミーに電話して事実を話すか、それとも……」

「それとも？」

ニコが目を合わせた。「今すぐ僕と一緒に病院へ行くか。車のトラブルだと説明するよ」

テオは窮地に追いこまれた気がして、一瞬、三つめの選択肢を考えた。それから、友人の同情的だが決然とした顔を見た。

「わかったよ」彼はうなった。

ニコが自分のスタッフにマセラティを回収させる手配をし、テオを病院まで送った。テオはぼんやりしたまま病院の回転ドアを抜け、ニコのあとから十階に上がってナースステーションを通り過ぎた。

「面会には少し時間が遅いですね」看護師が二人を呼びとめた。

「彼は一〇三五号室の赤ん坊の幸せな父親なんですよ」ニコがそう言ってテオの背中を押した。

エミーの病室に入ると、テオは水の中を歩いているような気がした。ホノーラが娘に塗り絵をさせているのが見えた。

外はすっかり暗くなっていた。窓ガラスには、ベッドの上で疲れきった女性が腕の中の赤ん坊を笑顔で見おろしている姿が映っていた。端に映る自分は見知らぬ他人に見えた。

「ほら、見つけたよ」ニコが言うと、二人の女性がこちらを向き、安堵の息をついた。

「テオおじさん！」小さなカーラが飛んできてテオの脚にしがみついた。彼は少女を見おろした。

「やあ、カーラ」

「テオ」エミーが震える手で目をぬぐった。「何かあったんじゃないかと心配したわ」

何かあったのはずっとずっと昔だ。そのせいで僕は彼女が望むような男には決してなれない。テオは深呼吸をして無理にほほえんだ。「ここにいるよ」

「でも、今までどこにいたの？」

「車のトラブルだよ」ニコが簡潔に言った。「エンジンが止まったんだ」

ある意味ではそのとおりだった。

「テオおじさん、あたしの絵を見て！」カーラがクレヨンを塗りたくった画用紙を振りまわした。

「なかなか……いいね」テオは幼児に好かれるいつもの魅力を発揮できなかった。エミーと目が合ったとき、急に心臓が大きく打ちだした。

「行こう」ニコが言った。

夫の目を見て、ホノーラがすぐに娘の遊び道具をまとめた。

ニコが抗議を無視してカーラを抱きあげ、三人はあっという間に退散した。テオは妻と生まれたばかりの息子とともに病室に残された。

エミーが彼を見た。「何もかも見逃したわね」

「すまない」

「でも」彼女の表情がやわらいだ。「今はここにいる。息子に会って」

赤ん坊を抱くエミーを見ると、喉が詰まった。

「元気なのか、二人とも？」

「元気よ」エミーは寝ている赤ん坊をうっとりと見つめながら、ベッドの端をぽんとたたいた。

テオはぎこちなくそこに座り、病室を埋めつくす赤や黄やピンクの花を見まわしながら、自分がどれだけ長く行方不明になっていたかを思い知った。その間にエミーは出産し、友人たちがそれを聞いて花を贈ってきたのだ。

なんて身勝手なろくでなしだろう。テオはざらついた自分の手を見おろした。「すまなかった」

「もうやめて。車が故障したのはあなたのせいじゃないわ」そこで赤ん坊が目を覚まして泣きだし、エミーがほほえんだ。「抱っこしてあげて」

テオは不安げに赤ん坊を見た。「できるかな？」

「シャツを脱いで」

「えっ？」

「言われたとおりにして」テオがしぶしぶシャツを脱ぐと、エミーは空いているほうの手で促した。「腕を広げて」

テオは両腕を広げた。妻はおむつをつけただけのぐずる赤ん坊をそっとテオの裸の胸に抱かせた。肌と肌が触れ合うと、赤ん坊は小さくしゃっくりをし、再び眠りについた。

「上手よ」エミーがやさしく言った。「きれいな子でしょう?」

テオは生まれたばかりの息子を見おろした。家庭や教育を与えるだけでなく、よい人生とは何かを示し、立派な男になる方法を教えてやりたかった。

まるで心臓がねじられ、全身の血を抜かれて、酸素が送れなくなるまで脳を圧迫された気がした。

ヘッドボードにもたれかかったエミーがテオの肩に腕を回し、満足げに赤ん坊を見おろした。「どんな名前にしようかしら」彼女が小さく笑った。「テオ・ジュニア?」

テオは息を吸いこんだ。おぞましい重荷を負ったテオという名前を、錨《いかり》のように赤ん坊の首からぶらさげるというのか?

「好きに名づければいい。ただ、僕の名前はつけないでくれ」

エミーがいぶかしげな顔を向けた。「なぜ?」

テオは菫《すみれ》色の瞳を見て、突然、彼女には自分よりもふさわしい男がいるはずだと悟った。もし僕が結婚の誓いを守れば、エミーは僕に愛を与えつづけ、やがて空っぽになってしまうだろう。僕には愛される資格などないのに。彼女は僕にすべてを捧《ささ》げて、最後には僕の暗く救いようのない魂の重みに押しつぶされてしまうに違いない。

テオは深呼吸をして、エミーに本当のことを言った。「僕はここに来たくなかったんだ」

12

夫が行方不明になっていた数時間、エミーは交通事故や心臓発作など、いつ起こるかわからない人生のあらゆる悲劇を想像し、不安でたまらなかった。だが、テオが病室に現れたとたん、不安は消え去った。彼は無事だった。取り越し苦労だったのだ。

しかし、テオの後ろめたそうな顔を見て、自分でも認めたくない何かが胸をよぎるのを感じた。

今、それが何かわかった。エミーは愛するテオのために自分の欲求を犠牲にし、完璧な妻として彼にすべてを捧《ささ》げれば、いつか愛してもらえるようになるかもしれないと思っていた。でも、それはむなしい期待にすぎなかったのだ。

テオは言っていた。〝僕が欲しいのは対等な関係だ。それぞれが望みどおりの人生を送り、誰も犠牲にならず、誰も傷つかない関係なんだ〟と。

そんな関係はありえない。エミーはパリで犠牲を払った。ニューヨークで赤ん坊を迎える準備をしたかったのに、テオのプロジェクトに一カ月以上取り組んだ。そしてテオもまた犠牲を払った。パリで夢見たプロジェクトは始まったばかりなのに、ニューヨークに戻ったのだから。

二人の望みはすれ違っていた。

それでもエミーは心のどこかで、二人がともに幸せになる方法を見つけられたらと切に願っていた。そのためには、私がテオを愛するのをやめるか、彼が私を愛するようになるか、どちらかしかない。

今、希望は完全についえた。

「ここに……来たくなかった？」

テオが力強い腕の中で眠る赤ん坊を見おろした。

その顔に新米パパらしい喜びに満ちた表情はない。

エミーは初めて彼の目の下の隈《くま》に気づいた。最悪の悪夢にとらわれた者の表情だ。彼は答えなかった。

「息子が欲しくないの？」悲しみが波となって襲ってきた。

テオの黒い瞳が鋭い光を放った。「この子にはもっといい男がふさわしい」

「あなたはこの子の父親よ。そして私の夫だわ。他に誰がふさわしいというの？」

「誰かいるよ」テオが立ちあがり、赤ん坊を慎重にエミーの膝に戻すと、ベッドから一歩下がった。

「すまない」

エミーはまばたきをして涙を払いながら呼吸を整え、テオに思いやりを示そうとしたが、できなかった。彼はただ私を拒絶しただけじゃない。息子まで拒絶したのよ。「行かないで」

「僕は夫にも父親にも向かない。努力はした。だが、君が望むような男にはなれない。その子に必要な男にも」テオがシャツを床から拾いあげ、再び着た。

「私たちを置いていってしまうのね」エミーはささやいた。こうなることは前からわかっていた。私がテオを愛したせいで、彼は去っていく。だが、まだ信じられない気持ちもあった。「でも、あなたは私たちが家族になることを望んでいた。私は他の人と結婚するつもりだったのに、そのじゃまをしてプロポーズし、私にノーと言わせなかったのよ！」

テオはうつむいてズボンのポケットに手を入れ、ベッドの横に静かに立っている。顔は陰になって見えない。「そのとおりだ」

「私が愛しているなんて言ったから？」エミーが声を張りあげると、赤ん坊が目を覚まして泣きだした。エミーも泣きそうだった。

テオが何か言いかけ、かぶりを振った。「そうじゃない」

「じゃあ、どうして？　理由を教えて」

テオの目はうつろだった。「僕が父親の何を知っているというんだ？　実の父は僕が生後数カ月のときに死んだ。母が言うには、僕の泣き声がうるさくて眠れないから薬物を過剰摂取したせいだそうだ」

エミーは息を吸いこんだ。「お母さんがそんなことを言ったの？」

テオが唇をゆがめた。「親であることがいかに大変か伝えたかったんだろう。母にとっては恋愛もつらいものだった。僕の子供時代には数カ月ごとに男が替わって、そのうちの何人かとは結婚したが、ろくな男はいなかった。そのあと……」

「そのあと？」

テオの瞳が暗く陰った。「僕が十歳のとき、母はパノス・パパドポロスと出会った。彼は年上で金持ちで、母は運命の相手だと言っていたよ。彼は初めて会った夜にプロポーズし、僕たちはライラ島にある彼の先祖代々の大邸宅に引っ越した。ハネムーンから戻ってきたとき、母は目のまわりに痣《あざ》を作り、ソフィアを身ごもっていた」

「何があったの？」

テオが肩をすくめ、左手の結婚指輪を回した。「パノスはかっとなると母を殴った。だが、そのあと一緒にドラッグをやると機嫌を直した。ソフィアが生まれてからはもっとひどくなったよ。事業に失敗していらいらしたり、一族の財産が減っていくことに不安を感じたりするたびに母を殴っていた。それが愛なんだと、子供だった僕は思った」

エミーの心臓は激しく打っていた。スウェンソン家は五人の子供たちと病気の母親と請求書の山でいつも大わらわだったが、暴力はいっさいなかった。彼女はいつも家族に愛されていた。「ひどすぎるわ。そこからどうやって抜け出したの？」

「母をかばおうとしたら、僕も殴られた。だが、成長した僕はある日、パノスを殴り返して、危うく彼と殺し合いになりかけた。そのあと妹を連れて出ていこうと母を説得したが、母は夫なしでは二人の子供は育てられないと突っぱねた。そして僕をイギリスの寄宿学校に入れたんだ。問題児のための学校だよ。僕ではなく、パノスを守りたかったんだ」

「テオ……」エミーは胸が張り裂けそうだった。

テオは病室を歩きまわり、ミッドタウンの明かりを映す暗い窓をぼんやりと眺めた。「十五歳のとき、学校の夏休みに家に帰ると、母は病院に入っていた。首に紫色の痣があった。銀行からの差し押さえの通知を受け取ったパノスが母の首を絞めたんだ。そしてソフィアは……」彼が目を閉じた。

エミーは寒気を感じた。「どうしたの？」

「クローゼットに隠れていた。話を聞くと、パノスがドラッグ代欲しさに、妹が大事にしていたロケットをよこせと命じたそうだ。ロケットには母の写真が入っていた。妹が抵抗すると、彼は力まかせにロケットを奪い取った。それで妹は震えながら暗いクローゼットに隠れたんだ。まだ五歳だったのに」

エミーには自分の子供を傷つける親がいることが信じられなかった。

テオが顎をこわばらせて続けた。「パノスは売人のところに行ったから、僕はソフィアと一緒に隣人の家に泊まった。戻ってみると、彼はドラッグで完全にハイになり、タバコを吸いながらキッチンで料理をしていた。僕は彼に、母と妹を連れて出ていくと言った。つきまとったら殺すとも」

「彼はどうしたの？」

「脅し文句をわめき散らしたよ。僕が引きさがろうとしないと、熱した油の入った鍋を取って僕に投げつけた。僕は身をかわした」テオの視線が足首に落ちた。「かろうじて」

「だからそこに跡が残ったのね。その傷はカーレースのエンジン火災でできたものじゃなかった」

「ああ」テオが顔をしかめた。「僕がパノスの口を殴ると、タバコがこぼれた油の中に落ちて燃えはじめた。腹を立てた彼が包丁を持って僕に突進してきたが、油ですべって転倒した。そのせいか、ドラッグのせいかわからないが、彼は気絶して、引きずり出そうとしても、どうにもできなかったんだ。彼は巨体だったから――」

「でも、彼を助けようとしたのね？」

テオがうなずいた。「キッチンには煙が充満し、僕は肌が焼けるような熱さを感じた。だが、どうしてもパノスを動かすことができなかった。だから、向きを変えて逃げ出した。彼を見殺しにしたんだ」

「自業自得よ」エミーは怒りに震えていた。その激しさに、テオが目をしばたたく。眠りについた赤ん坊を見おろしながら、彼女は言った。「あなたが罪の意識を感じることはないわ」

「そうだろうか？」

「もう終わったことよ、テオ」

テオが暗い顔で彼女を見た。「いや、決して終わりはしない」

テオは病院を出て三十キロ走ったり、倒れるまでサンドバッグを殴ったり、誰かと殴り合いの喧嘩《けんか》をしたりしたかった。やさしさと哀れみと愛をそそぐ妻と向き合うくらいなら、なんでもよかった。

彼は体の脇で両手を拳に握った。「僕が家を出たとき、火はすでに壁を伝っていた。僕は砂浜に逃げて、赤とオレンジの炎が家を包み、ごうごうと音をたてて空にのぼっていくのを見ながら、喜びを感じた。これでもう僕たちは自由だと思った。そのとき、背後から母の声が聞こえたんだ」

エミーの愛らしい顔は今や青ざめていた。これから彼女に最悪の部分を伝えなければならないと思うと、喉が締めつけられた。

「母はまだ入院着を着ていて、紫色の痣だらけだった。なのに彼を助けに来たんだ。僕から」母の悲痛な叫びはいまだに耳にこびりついている。

〝彼はどこ？　彼を見殺しにしたのね！〟

エミーが同情を目に浮かべて深呼吸をした。

思い出したくなくてテオは目を閉じた。「母は彼の名前を叫び、家に駆けこもうとした。僕が止めると、僕の顔を平手打ちし、足で蹴り、彼を愛しているのよと叫びながら家に飛びこんだ。そのとき、柱が焼け落ちて家が炎に包まれた」

エミーが息を吸いこみ、赤ん坊を抱いてベッドに座ったまま、手を差しのべた。「あなたのせいじゃないわ。あなたは十五歳だった。お母さんを守るためにできる限りのことをしたのよ。燃える家に飛びこんだのはお母さんの意思だわ」

テオは動かなかった。「彼を愛していたからだ」

エミーが驚いた顔をして手を下ろした。「それは愛じゃないわ」

「愛とは、自分よりも他人を優先することだと言っただろう？」

「そうだけど――」

「警察は事故として処理した。ただ、パノスが暴力をふるっていたことを知ってから、僕たちに同情していたと思う。少なくともソフィアには」

「あなたにもよ。まだ子供だったんだから」

「そうだな」テオは皮肉っぽく唇をゆがめた。「そのあと隣人がソフィアを養子にしてくれた。だが、反抗的なティーンエイジャーなんて誰も欲しがらなかったし、金がなくて寄宿学校には戻れなかった。僕は施設に入ったが、しばらくして逃げ出し、アテネの路上で暮らした。ある日、年上の少年たちに食べ物を盗んだと言いがかりをつけられ、血まみれになるまで殴られて病院に運ばれた。そのときソーシャルワーカーに、アメリカから叔父が僕を捜しに来たことを教えられたんだ」

「ほら」エミーがやさしく言った。「それこそ愛の一例ね」

「叔父は妻に出ていかれたばかりで孤独だったから、そばにいる誰かが欲しかったんだ。僕は叔父の仕事だった不動産開発について学びはじめた」

テオはニューヨーク州北部にある小さなオフィスに連れていかれたときのことを思い出した。

〝仕事は決しておまえを見捨てない〟

テオはその教えを頭にたたきこんだ。そして深い海に錨《いかり》を投げるように、ビジネスに身を投じた。この二十年間で、彼は叔父のささやかな会社を世界的な一大帝国に変えた。

「元妻が別の男と結婚しても、叔父は過去を乗り越えられなかった。つらいときは彼女の家の前を車で通り、酔っ払うとネットで彼女のことを調べた。それ以外は仕事をしていたが、彼女への思いに気を取られていたから、成功はつかめなかった。愛とはそういうものだ」

エミーが目を伏せた。「ええ、愛とは恐ろしいものよ。でも……」再び目を上げたとき、愛らしい顔には感情があふれていた。「人に生きる意味を与えてくれる唯一のものでもあるわ」

テオはエミーの瞳に輝く愛を見て、後ずさった。

「君を愛せたらいいのに」彼はささやき、力なくかぶりを振った。「だが、これまでの人生が僕の心を氷に変えてしまったんだ」

「でも、あなたは私にすべてを話してくれたわ。私たちの間にもう秘密はない。私をそこまで信頼してくれたんだから、私たちは変わることができるわ」

「エミー、君には変わってほしくない。君の愛を僕のような男にそそいで無駄にしてほしくない」テオは息子を見おろし、そっと言った。「さよなら」

「テオ！」

エミーの声ににじんだ苦悩にテオは凍りつき、目を閉じた。振り返って懇願を浮かべた彼女の顔を見るわけにはいかなかった。振り返ったら、二度と立ち去る気力をふるい起こせなくなるだろう。だが、立ち去らなければならない。エミーのために。息子のために。彼は指先で目を押さえた。

「婚前契約は忘れてくれ。欲しいものはなんでも渡す。金も、車も、家も。僕が持っているものはすべて君のものだ」なんとかそう言うと、病室から逃げ出した。決して振り返らなかった。ふらつく足で廊下を急ぎ、エレベーターを待ちきれずに階段を駆けおりると、よろよろと通りに出て、死にそうになりながらタクシーを呼んだ。

実際、自分の一番いい部分は死んでしまったのだ。

13

テオはパリのオフィスに届けられた離婚の書類を見つめた。ダイヤモンドの婚約指輪も同封されていた。書類はエミーが自分でプリントアウトしたものだ。彼女は自分の権利を守るために有能な弁護士を雇うことはせず、ニューヨークのペントハウスやその他の住居も、生活費も、婚前契約書に記載されていた百万ドルの離婚手当も要求していなかった。求めたのは二つ――子供の養育費と、クイーンズで衝動買いした中古のミニバンだけだった。

テオは目を閉じ、息を吐き出した。いかにもエミーらしい。彼は自分の辣腕弁護士に、彼女の要求以上のものを与えるように命じた。

エミーを病院に置き去りにして二カ月が過ぎた。彼はすぐにパリへ戻り、仕事に没頭しようとしたが、いまだに彼女を失ったむなしさから抜け出せなかった。あれから数日間、エミーは電話をかけてきて、応答しないとメッセージを残した。しかし、そのあとはぷっつりと連絡がとぎれた。二人とも真実だとわかっていることをようやく受け入れたのだろう。

だが、テオはエミーと息子の幸せを願っていた。それを確認するためにペントハウスの執事ウィルソンに電話をしようとしたが、結局思いとどまった。潔く別れなければならないからだ。

テオは書類を手に取った。これをニューヨークの弁護士に託せばすべて片づく。離婚が望みだったはずだ。それなのに、なぜほっとしていないのだろう？　なぜ壁を殴りたくなっているのか？

「お待ちください、入室はご遠慮いただかないと」年配の秘書がフランス語で抗議した。

「止められるものなら止めてみて」突然オフィスのドアが開き、ソフィアが入ってきた。テオを見ると、妹は目を輝かせた。「ここにいたのね、よかった。私のプレゼントを持っていってほしいの」

ソフィアは何を言っているのだろう？　そこへ明らかに狼狽《ろうばい》したようすの秘書が入ってきた。

「申し訳ありません、ムッシュー」

「いいんだ、ゲルトルード」テオは秘書にドアを閉めるよう身ぶりで示すと、妹に向かって眉を上げた。「あらかじめ電話できなかったのか？」

「そうしたわ。でも、仕事中は出ないでしょ」

外は灰色の雨が降っている。「いつもあとでかけ直すだろう」

「待てなかったの」ソフィアがデスクをはさんで向かい側の椅子に座った。「それに、かけ直してくれてもどうせろくに話す時間もないし。良識ある人は友達と食事に行って人生を楽しむものよ。兄さんは仕事して、運動して、寝るだけ！」

「そうやって人生を楽しんでいるんだ」反論しながらも、テオは自分が嘘《うそ》をついているのに気づいていた。最後に何を楽しんだか、まるで思い出せない。

「そんなふうに人生を楽しめるのは兄さんだけよ。妻子と二カ月も離れて過ごすなんて！」

ソフィアと頻繁に会うつもりはなかった。だが、ひと夏の世界旅行を終えて先月パリに戻ってきた妹は、放っておいてほしいというテオの言葉に耳を貸そうとしなかった。ホテルの彼の部屋に現れ、リュクサンブール公園の散歩に連れ出したこともあれば、財布を盗まれたと言ってパニック状態で電話をよこしたこともある。テオがあわてて駆けつけると、そこはしゃれたレストランの前で、妹は独りよがりな笑みを浮かべ、予約を入れてあると告げた。〝兄さんを引っぱり出すにはこうするしかないでしょ〟

この二カ月間、テオがどんなに遠ざけようとしても、ソフィアはくじけなかった。

〝それこそ愛よ〟

まるでエミーが耳元でささやいたような気がして、テオは息を吸いこんだ。

「それで、何をしてほしいんだ？」彼は尋ねた。

「たいしたことじゃないの」妹が背筋を伸ばした。

ライラ島を出てから、ソフィアは本当に変わった。本来の自分を取り戻したのだ。

「これよ」ソフィアが小さなブルーの箱をテオのデスクに置いた。

「これはなんだ？」

ソフィアがため息をついた。「エミーから招待状をもらったの。すぐに返事をするつもりだったんだけど、仕事に追われてそのままにしてしまって。兄さんがいつもぎりぎりまで出発しない人でよかった。きっとまだオフィスにいると思って来てみたのよ」

「エミーがおまえを招待した？」テオは当惑した。

「私、ライラ島で彼女に冷たくしたことを悪いと思っているの。これはその償いよ」ソフィアがプレゼントを誇らしげに見おろした。「自分で編んだブルーのベビーシューズなの。ゆうべやっと仕上がったんだけど、送ったら間に合わないでしょう？　それで、兄さんはまだパリにいるはずだと気づいたの。自家用機を持っている仕事中毒の兄がいると、たまにはいいこともあるわね」

「出産祝いのパーティか」テオはようやく話がのみこめた。

「ええ」ソフィアが顔をしかめ、頭の回転が鈍い相手に説明するようにことさらゆっくりと言った。「だから今日ニューヨークに飛ぶときにこれを持っていってほしいの。今夜のパーティのために」

テオは急に喉が詰まりそうになった。「悪いが、パーティには行かないんだ」

「何を言っているの。エミーは兄さんに来てほしいはずよ」

テオは胸に痛みを覚え、咳払《せき》いをした。「仕事が忙しいんだ」それを証明するようにパソコンの画面に目を向ける。「カトラキス社のプロジェクトがもうすぐ着工する。パリ中心部ではここ数十年で最大のプロジェクトだ」

妹が哀れむように彼を見た。「なるほどね」

テオは立ちあがった。「すまないが、それは秘書に特急便で送ってもらおう。パーティの場所は？」

「ハンプトンズよ。エミーの親友が主催するの」

ホノーラとニコか。デスクの上の書類を押しやりながら、テオはかすれた声で言った。「来てくれてありがとう。だが、あいにく忙しくてね……」

ソフィアは動かなかった。「テオ」

テオは妹の視線を追い、離婚の書類に気づいた。

「エミーと別れるの？」ソフィアが顔を上げた。

「何があったの？」

テオは目をそらした。「話したくない」

「別れるわけないわよね。だって、どうして？」

テオはデスクから離れて大きなアーチ型の窓の前に立ち、灰色の霧雨を眺めた。「エミーと僕はお互い結婚に向いていないと気づいたんだ。これは二人で決めたことだよ」

「嘘よ」妹の声にショックがにじんだ。「私がライラで会った女性は兄さんを愛していたわ」

テオは一瞬、ソフィアに出ていけと言いそうになり、はっと我に返った。妹まで自分の人生から締め出すつもりなのか？　僕はすでにエミーを失った。ニコとホノーラも失った。二人の非難の言葉を聞きたくなくて、電話もメールも返さなかったからだ。

そして息子も。テオはふと、息子の名前さえ知らないのに気づいた。

「彼女のためには僕がそばにいないほうがいいんだ。僕がどんな男か知っているだろう？」

「どんな男だっていうの？」

テオは殺伐とした表情で妹を見つめた。

「人殺しだ」

ソフィアが目を見開いた。「いいえ」

「母さんは僕のせいで死んだんだぞ」

「ママは自分の意思で死んだの。兄さんはママを救おうとした。でも、ママは私たちよりも彼を選んだのよ。何度も何度も」

「僕は手立てを見つけるべきだった」テオは再びデスクチェアに腰を下ろした。目の奥が熱かった。

ソフィアが彼の肩に手を置いた。「兄さんはたった十五歳で私を救ってくれた。兄さんのおかげで、私はすばらしい人生を送っているわ。兄さんが私のためにすべてを犠牲にしてくれたからよ」

長年抑えこんできた感情があふれ出しそうになり、テオはめまいがした。

「ママが死んだあと、お隣のミセス・サマラスが私を引き取りたいと言ってくれたわね。でも、私は兄さんと一緒じゃないといやだった。それでソーシャルワーカーが私たち二人を施設に入れようとすると、兄さんはミセス・サマラスのところに行けと言い張ったわ。暖かい家で、おいしいものを食べて、愛してもらえと。自分もそういうところに行くんだと。兄さんが嘘をついていたことに気づいたのは、あとになってからだった。兄さんは独りぼっちだったのよね」

テオはソフィアを見つめた。あの火事のあと、テオは妹と離れたくなかった。妹は唯一の家族だった。だが、子供のいない寡婦のミセス・サマラスに引き取られれば、妹は幸せになれると思った。ミセス・サマラスは毎朝ぴかぴかのキッチンでパンを焼き、庭には花が咲き乱れていた。

ソフィアがテオの手に手を重ねた。「兄さんはずっと私を見守ってくれた。父から守り、新しい家庭を見つけて、大学にも行かせてくれた。兄さんはいつも私を第一に考えてくれた。ママは私たちに愛について間違ったことばかり教えたけれど、兄さんは最高の愛とは何かを教えてくれたのよ」

テオは呆然《ぼうぜん》としてソフィアを見つめた。

妹がほほえんだ。「来週、兄さんを夕食に誘うわね。私が出会った人のことを話したいの。彼は私に結婚を申しこむつもりよ。そして私はイエスと言うつもり」

「ソフィア……」

妹がにっこりした。「やっと兄さんに匹敵する男性を見つけたの。世界で一番やさしくて、強くて、愛情深くて、どんな犠牲を払っても愛する人たちを守る兄さんに」

テオの心臓は高鳴っていた。妹が語る兄の姿は自分とはかけ離れていた。

この僕がソフィアに愛を教えたというのか？

「愛とは、自分よりも相手を優先することだ」テオはゆっくりと妻の言葉を繰り返した。

ソフィアが涙を流しながらほほえんだ。「そのとおりよ」

テオはエミーが子供をやさしく抱き、子守り歌を口ずさんでいる姿を想像した。生後二カ月になった息子は今、どんなふうなのだろう？

僕が去ってから、エミーは前に進んだのだろうか？　僕に見切りをつけ、もっといい男と出会ったのか？　僕に代わる息子の父親を見つけた？

「エミーは僕を求めていないんだ」テオは低い声で言った。「僕は彼女にふさわしくない。僕たちの赤ん坊にも」

「だったらなぜ彼女は赤ちゃんに兄さんの名前をつけたのかしら？」

テオは息が止まった。「なんだって？」

ソフィアがバッグから招待状を出した。「見て」

彼はそれを手に取った。動物の赤ん坊が描かれた招待状には、パーティの詳細と赤ん坊の体重、身長、名前が書かれていた。〝テオドア・カール・カトラキス〟エミーは赤ん坊に僕の名前をつけたのだ。

彼女が自分の命よりも赤ん坊を愛しているのはわかっている。なのになぜ、自分たちを捨てた男の名前を息子につけたのだろう？

エミーがまだ僕を愛しているということがありうるだろうか？　僕は彼女が離れていくように仕向けたのに？

〝愛とは、自分よりも相手を優先すること〟

テオは息を吸いこんで顔を上げた。冷たく光るダイヤモンドの指輪の下に置かれた離婚の書類に目を向けると、心臓が激しく打ちだした。

もう遅すぎるだろうか？

油絵が飾られた優雅なオフィスを見まわし、テオは己に嘘をついていたことに気づいた。これまでずっと、大きな夢を追い求めているのだと胸に言い聞かせてきた。自分の名が残るような建物を造っている気でいたが、実はパリで建設していたのは自分の心を取り囲む壁だったのだ。

そこから自由になるには、心を開かなくては。強くあろうとするのではなく。

そのための方法はただ一つ、彼女を愛することだ。

テオははっとして目を上げた。

「もう行かないと」妹に言うと、プレゼントをひっつかんでドアへと走りだした。

十月の夜はさわやかで涼しかった。フェラーロ家の別荘のテラスは、出産祝いのパーティのために手の込んだ装飾が施されていた。葉が黄やオレンジに色づいた木々には色とりどりの電球がつるされ、テーブルの間には暖を取るためのヒーターが置かれている。

エミーはこの日のためにドレスアップし、着心地のいいピンクのワンピースを着ていた。この二カ月間は、絶望に打ちひしがれるか、今のままで大丈夫だと自分に言い聞かせるか、そのどちらかだった。でも、世話をしなければならない赤ん坊がいたから、大丈夫だと必死に自分を励ました。

「来てくれてありがとう」ニコがあくびをするカーラとアイヴィーをベッドに寝かしつけに行くと、ホノーラがエミーに言った。

今日、ホノーラは主催者として夫と幼い子供たち、祖父とその妻とともに客を迎えた。エミーの父親はもちろん、四人の弟たちも全員やってきた。

家族や友人に囲まれ、エミーは一晩じゅう頬が痛くなるまで笑顔を作り、楽しんでいるふりをした。

テオへの招待状は、用意したものの結局ごみ箱に捨てた。いくら待っても、彼は現れなかった。希望は捨てなくてはならない。ずっとテオを愛してきたけれど、彼は私を愛していないのだから。

テオへの未練は断ち切らなければ。

だから二日前、エミーは離婚の書類を書いた。昨日、パリで書類を受け取った彼の反応はどうだったのだろう？　きっとほっとしたはずだ。

エミーはこっそり目をぬぐった。不幸に甘んじているわけにはいかない。もっといい人生が待っていると信じなければ。エミーは先週、結婚寸前だったハロルド・エクルンドにクイーンズででくわした。そのときハロルドはあの派手な帽子をかぶっていたルーリー・オルセンと婚約したと告げた。

〝妻がいなくなったら、もう幸せになれないと思っていた。だが今、ルーリーと私は愛し合っている。人生に遅すぎるということはないと思う〟

ベアとあだ名をつけた息子がバウンサーの上でうれしそうに喉を鳴らし、エミーは我に返った。胸が苦しかった。私は正しいことをしたのだろうか？

「幸せか？」隣に座る父親が静かに尋ねた。

エミーは無理にほほえんだ。「実は、クイーンズに戻ろうと思っているの」

「そうなのか？」父親は驚いた顔をしてからうれしそうな表情になった。「マンハッタンのペントハウスはどうする？」

「あそこはちょっとすてきすぎて」最上階のだだっ広い部屋は孤立感や閉塞感を深めるだけだった。「パパの近くにアパートメントを借りたいわ。近所にいればパパの仕事も手伝えるし」

「それはいい。ただ……」

「ただ？」

父親がためらった。「おまえがクイーンズに引っ越すということは……おまえたち二人が……」

「そうよ」エミーはパンチの入ったカップを見つめながらつぶやいた。

父親が深呼吸をしてから、彼女の手に手を伸ばした。「残念だよ、ハニー」

「私もよ」だがエミーは、自分とベアを祝うために集ってくれた愛する人たちのために笑みを浮かべつづけた。

ベアは世界一の赤ん坊だった。テオの顔の特徴を受け継いでいることにエミーは気づかないふりをしていたが、ベアは彼そのものだった。そして、すでに彼女の人生の光だった。

小さなケーキを食べ、コーヒーを飲んでいると、風が冷たくなってきた。ヒーターがあるにもかかわらず、ワンピースと薄手のカーディガン姿のエミーは震えていた。テオがここにいて、力強い腕を肩に回してくれたら……。

そのあとエミーは赤ん坊へのプレゼントを開け、家族や友人に感謝を伝えた。涙は流さなかった。

「テオはどうしたんだい、エミー？」眠っているベアを抱いてヒーターのそばに座った一番上の弟ヴィンスが尋ねた。「なぜここにいないんだ？」

エミーはとっさに言葉が出てこなかった。みんなに隠してもしかたがない。たとえせっかくの夜に水を差すことになっても、事実を伝えたほうが私の再出発に役立つだろう。エミーは深呼吸をして、ゆっくりと話しだした。「テオと私は……」

「大幅な遅刻かな？」

エミーは息をのんで振り返った。

テオがテラスに出てきた。仕立てのいいダークスーツはしわくちゃだったが、なぜか今までで一番ハンサムに見えた。夜風に髪をなびかせ、黒い瞳でこちらをまっすぐ見ている。

「テオ！」ホノーラが駆け寄ってテオを抱きしめ、ニコが彼の手を握った。

しかし、テオはエミーしか見ていなかった。木々につるされた色とりどりの電球に照らされ、ソファに座っている彼女のほうにやってきた。

エミーはどきどきしながら彼を見あげた。「ここで何をしているの?」

「これを持ってきたんだ」テオがジャケットのポケットから美しく包装された小さなプレゼントを取り出し、エミーの手に渡した。彼の手の感触に、エミーは震えた。

中に入っていたのは、明らかに手作りだとわかるブルーのベビーシューズだった。エミーは大きく息を吸って顔を上げた。

「ソフィアからだ」テオが説明した。

ベアの叔母からの贈り物だ。「ありがとう。うれしいわ」そこでエミーは顔をしかめた。「このためにわざわざパリから飛んできたの?」テオがそんな用事を引き受けたのは奇妙に思えた。

「それだけじゃない」テオが静かに言った。

「じゃあ……」突然、エミーは思い当たった。「ああ。弁護士に会いにニューヨークへ来たのね? 離婚のことで」

離婚という言葉に友人や家族が息をのんだが、テオが気にするようすはなかった。ただ熱を帯びた黒い瞳でエミーを見つめているだけだ。

「他に誰かいるのか、エミー? それが離婚したい理由なのか?」

「結婚を終わらせたいのは私じゃないわ」エミーの視線は、弟の腕に抱かれているベアにそそがれた。「でも、そうよ。他に大事な人がいるの」

またみんなが息をのみ、テオがよろめいた。彼が目をこすったとき、左手にはめた金色の指輪が明かりに照らされて輝いた。

「まさか本当に……」テオがしばし言葉を失い、それからかぶりを振った。「それはよかった」うつろに言い、ぎこちなくほほえむ。「君は幸せになるべきだ、エミー。世界じゅうの愛に値するんだから」

テオの顔には打ちひしがれた表情が浮かんでいた。

別れることになっても、彼が苦しんでいるのを見るのはエミーにとってつらいことだった。

エミーは深呼吸をして背筋を伸ばした。テオがここで何をしているのか知らないが、彼に心をかき乱されるのはごめんだった。

「わかっているわ」彼女はそっけなく言った。「ベアもね」

「ベア？」テオがけげんそうにきいた。

エミーは立ちあがり、弟から赤ん坊を受け取ると、夫のもとに連れていった。「私たちがつけたあだ名よ」

「ベア」テオが息をつき、エミーの腕の中の赤ん坊を見おろした。赤ん坊はもこもこしたロンパースを着ていて、いつにもまして愛らしかった。彼は咳払いをして、ためらいがちに言った。「妹が受け取った招待状には僕の名前をつけたとあったが」

「テオドアはわりとよくある名前だから、私はテディと呼びはじめたの。そうしたら父がテディベアと呼んで……」

「今はただのベアだ」カールが娘と孫の間でほほえみながらあとを引き取った。

「ベア。気に入ったよ」テオが赤ん坊を見た。赤ん坊も父親を同じ黒い瞳で見ている。テオが驚きに打たれたように続けた。「ずいぶん大きくなったな」

「そうね」

テオが唇をなめ、おずおずと言った。「抱いてもいいかな？」

「もちろん」テオが赤ん坊を抱きたがっている？これにはなんの意味もないと自分に言い聞かせながら、エミーは彼が赤ん坊を抱くのを手伝った。

夫の顔には今まで見たことのない感情が浮かんでいた。称賛、恐怖、そしてもっと別の何かが。

「ありがとう、エミー」テオが目を上げた。「僕たちの結婚が終わっても、君には感謝している。君は世界で最高の女性だ」そこで唾をのみこんだ。「離婚の書類にサインしよう。だが、君が他の男性を愛していても、僕はベアの父親でいるつもりだ」

テオが向けた視線から、欲望をはるかに超えた感情が伝わってきた。エミーは突然、床が揺れだしたような気がした。いったい何が起こっているの？

「ベアのことよ」エミーは思わず口走った。「えっ？」

テオがまばたきをして眉根を寄せた。

「他の誰かというのはベアのことなの」

エミーは顎を上げた。「でも、あなたがここで何をしているのか、まだわからないわ。なぜパリからはるばる来たの？」

「そうなのか？」

エミーの友人や家族は皆、固唾をのんで二人を見つめていた。遠くから波の音が聞こえてくる。それとも、これは心臓の鼓動だろうか。

テオが一歩進み出た。黒い瞳がエミーの魂を射抜く。「チャンスはあるかな、エミー？」

彼の視線にとらえられ、エミーは震えた。言葉を発するのが怖かった。これがすべて夢であることを恐れていた。

「チャンスがあるのなら、僕は……」

「どうするの？」エミーはささやいた。

テオが苦しげに息をついた。「君の前に膝をつくよ」

「赤ん坊をこっちに」カールがつぶやくと、ニコが慎重にベアをテオの腕から抱き取った。

テオがまたこちらを向き、前に進み出てエミーの両手を握ったとたん、二人のまわりにいるすべての人が意識から消えた。エミーは彼だけを見ていた。

「君のもとから去ったのは人生最大の過ちだった」テオが低い声で言った。「誰かを愛することがずっと怖かったんだ。結婚の誓いを立てたあの日、僕は怖くてたまらなかった」

エミーはぽかんと口を開けた。テオ・カトラキスが自分の恐怖を認めた？　声に出して？　私の家族や友人の前で？

「誰かを愛したらどうなるか知っていたからだ」テオが続けた。「君に恋したのはわかっていた。気がついたらそうなっていたんだ」

「なんですって？」エミーは思わずきき返した。

テオが彼女の手を握りしめた。「もし僕が君に心を捧《ささ》げて、君が去っていったら？　もし君が死んでしまったら？　もし僕が君の望む男になれなかったら？　僕はそれに耐えられるとは思わなかった。だから、心を氷にしようと懸命に努力した」

エミーは息をするのも怖かった。「それで？」

テオが片手を上げ、彼女の頬を撫《な》でた。「君の愛が僕の氷を溶かしたんだ。君が産気づいたとき、僕は自分が無力だと感じ、パニックに陥った。それで君のもとから去ったんだ」彼の視線がニコの腕に抱かれているベアにそそがれた。「君たち二人から」

あのみじめな日を思い出すと胸が締めつけられ、エミーは目を閉じた。「私は傷ついたわ」

「わかっている。僕は自分を許せない。あれ以来、ずっと罰を受けつづけてきた。パリに逃げ出して、大切なことを学んだよ」

「どんなこと？」

テオが深呼吸をした。「君のいない世界は荒れ地にすぎないことを。いくら立派な邸宅や庭園を造っても、愛する女性がいなければ、この世界は僕の心と同じように空っぽなんだ」そこで彼は二人のからみ合った手を見おろし、彼女の前に膝をついた。

「君を取り戻すチャンスをくれ、エミー。何週間かかろうが、何カ月かかろうが、何年かかろうが、僕は懇願しつづける。心から君を愛しているからだ」

エミーは息をのんだ。

「愛しているよ、エミー。これが僕の本心だ」テオがうやうやしくエミーの手に額を押し当てた。「僕より君にふさわしい男がいるのはわかっている。だが、もしチャンスをくれるなら、残りの人生をかけて、君にふさわしい男になろうと努力する」

エミーは月が光を投げかける暗い大西洋を見た。私は彼を許すことができるだろうか？　彼を自分の人生に……心に戻すことができる？

十数人が固唾をのんでエミーの答えを待っている。彼女は目を閉じた。

それから目を開けると、手を伸ばしてテオを立たせた。涙があふれたが、ゆっくりと彼にほほえみかけた。「あなたにはそうする資格があるわ。私は奇跡を願うのをやめなかった。あなたを愛することをやめなかったのよ、テオ」

「ああ、ダーリン」テオがささやき、エミーを腕の中に引き寄せて、長い間ただ抱きしめていた。エミーは目を閉じ、彼の胸に頬を寄せて男らしい香りを吸いこんだ。やっと我が家に帰ってきた気がした。

「キスして！」誰かが叫んだ。

テオが頭を上げ、エミーの家族や友人を笑顔で見まわした。「僕も同じことを考えていたよ」そして、燃えるようなキスをした。彼の熱い抱擁は永遠の愛を、いや、永遠よりも長く続く愛を誓っていた。

ニコに抱かれていた赤ん坊が大声で泣きだした。テオとエミーは笑いながら離れ、息子を抱き寄せようと手を伸ばした。

「愛しているよ」テオは息子にそう言うと、エミーの頬を包みこんだ。「君のことも、エミー」

まるで結婚の誓いを交わしたばかりの夫婦を祝うように、家族や友人から歓声があがった。

その瞬間、エミーは自分が夫に一生愛され、見守られ、崇《あが》められると信じられた。かなうはずがないと思っていた夢はすべてかなったのだ。

エピローグ

八カ月後、テオは感慨にふけっていた。かつて家族などいらないと言っていた男に、今ではたくさんの家族がいる。不思議で、そしてすばらしい。

「誰が私を花婿に引き渡すんだった？」

テオは我に返り、目を潤ませながら、白いドレスに身を包んだ妹を見おろした。「僕だ」

ソフィアの手を花婿の手にゆだね、テオはギリシアの教会の最前列に妻と並んで座った。

エミーがやさしい笑みを浮かべて彼の手を握った。エメラルドカットのダイヤモンドが薄明かりの中で輝く。彼女をどれほど愛しているかと思うと、胸がいっぱいになった。僕はこの世で最も幸運な男だ。


式のあと、花婿と花嫁がキスをし、手をつないで教会を出た。五十人あまりの招待客が二人についていき、昔テオとソフィアが住んでいた家の跡地に建てられた新居までの一キロ足らずの道のりを歩いた。

正確には、新居は少し離れた場所に建てられていた。子供のころ、兄妹がよく遊んだ砂浜に近い場所だ。母親が命を落とした家の跡地には庭を作り、母親がかつて愛した薔薇《ばら》を植えた。

六月の美しい朝だった。崖沿いの道をエミーと歩きながら、テオは海の空気を吸いこんだ。エミーはふんわりとしたドレス姿で、彼はそれに合うスーツに身を包み、ベビーカーを押していた。

生後十カ月のベアは自分の足をつかんでうれしそうな声をあげている。まだ歩きだしてはいないが、とてもエネルギッシュで、テオは一時間以内に走りだすのではないかと考えていた。この子を止めることは誰にもできないだろう。

妻を止めることができなかったように。テオはエミーをちらりと見た。ギリシアで最高の美女でさえ、エミーの美しさにはかなわない。肩にかかったダークブロンドの髪が金色の太陽に照らされてつやめき、菫《すみれ》色の瞳がコバルト色の空とサファイア色のエーゲ海にも負けない輝きを放っている。

妊娠四カ月のおなかはやっとふくらみはじめたばかりだ。結婚して一年がたっても、テオはエミーの美しさに飽きることがなかった。何より心の美しさに。彼女は家族の中心であり、テオにとっては世界の中心だった。

エミーの大家族——父親、弟たち、新しくできた義理の妹、そして父親の新しいガールフレンドまでもが二人の後ろで笑い合い、からかい合っていた。テオはこの家族全員をここへ連れてくるために、大型の自家用機を用意しなければならなかった。テオのジェット機は今や彼らの〝ミニバン〟だった。

しかしテオは、エミーと四人の弟たちの騒々しさが好きだった。子供は五人がちょうどいい。自分も五人の子供を持つつもりだった。

前方では、ニコとホノーラが花柄のドレスを着た四歳のカーラを連れ、アイヴィーとジャックを二人乗りベビーカーに乗せて歩いていた。フェラーロ夫妻は今や隣人だ。テオとエミーはペントハウスを売却し、フェラーロ一家が暮らすグリニッジ・ヴィレッジに煉瓦《れんが》造りのタウンハウスを購入した。新居には七つの寝室、屋上テラス、そしてマンハッタンで最も贅沢《ぜいたく》な裏庭まである。エミーはすでに犬を飼うことをほのめかしていた。愛すべきものを迎え入れる余地は常にあるものだ。

テオは毎晩六時には帰宅した。パリをたびたび訪れてはプロジェクトの進捗状況を確認していたが、おおむね有能な社員にまかせていた。そうすることで彼は家族と夕食をともにし、ベッドでベアに絵本を読み聞かせ、エミーに休息を与え、情熱を交わす前に彼女の一日について尋ねることができた。

テオは仕事を楽しみ、家族との時間を愛した。

テオの人生は大きく変わった。もう傷つくことや失うことを恐れて心を氷に変えようとはしなかった。苦しみや痛みは愛や喜びと表裏一体だった。だから彼は勇気を持ってすべてを受け入れた。

エーゲ海のそばに設営された大きな白いテントで開かれた妹の結婚披露宴で、テオは妻と一緒に踊った。妹とその夫が敬愛するフランスのロックバンドの大音量の音楽に合わせて、二人はぎこちなく体を揺らしながら喜びにひたった。新婚カップルの若い友人たちの歓声と、花嫁の大家族のさらに騒々しい歓声に囲まれて、テオは自分の心が温かく満たされるのを感じた。

「泣いているの？」エミーがささやいた。

テオは目をこすった。「目にごみが入ったんだ」

訳知りのほほえみからすると、エミーはだまされなかったようだ。テオはエミーに、よいことも悪いことも含めて自分を知ってほしいと思っていた。とはいえ、彼女の悪いところは見つけたことがない。もし見つけても両腕を広げて受け入れるだろう。

エミーは僕に二度目のチャンスを与えてくれた。僕は死ぬまで彼女を愛しつづける。

テオはエミーの首に鼻を押しつけながらささやいた。「君はどこにいても最高に美しいよ」

「まあ、やめて」

テオは頬を染める妻を見おろした。「本当だ」

大きなテントの中で愛する人たちに囲まれながら、彼は頭を下げてエミーにキスをした。

愛する妻は僕に本物の人生を与えてくれたのだ。

ハーレクイン®

一夜の子を隠して花嫁は

2024年7月20日発行

著　　者　ジェニー・ルーカス
訳　　者　上田なつき（うえだ　なつき）

発 行 人　鈴木幸辰
発 行 所　株式会社ハーパーコリンズ・ジャパン
東京都千代田区大手町 1-5-1
電話 04-2951-2000（注文）
0570-008091（読者サービス係）

印刷・製本　大日本印刷株式会社
東京都新宿区市谷加賀町 1-1-1

ISBN978-4-596-63694-2 C0297

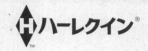

7月26日発売

ハーレクイン・シリーズ 8月5日刊

ハーレクイン・ロマンス

愛の激しさを知る

コウノトリが来ない結婚	ダニー・コリンズ／久保奈緒実 訳	R-3893
ホテル王と秘密のメイド 《純潔のシンデレラ》	ハイディ・ライス／加納亜依 訳	R-3894
ときめきの丘で 《伝説の名作選》	ベティ・ニールズ／駒月雅子 訳	R-3895
脅迫された花嫁 《伝説の名作選》	ジャクリーン・バード／漆原　麗 訳	R-3896

ハーレクイン・イマージュ

ピュアな思いに満たされる

愛し子がつなぐ再会愛	ルイーザ・ジョージ／神鳥奈穂子 訳	I-2813
絆のプリンセス 《至福の名作選》	メリッサ・マクローン／山野紗織 訳	I-2814

ハーレクイン・マスターピース

世界に愛された作家たち
～永久不滅の銘作コレクション～

心まで奪われて 《特選ペニー・ジョーダン》	ペニー・ジョーダン／茅野久枝 訳	MP-99

ハーレクイン・ヒストリカル・スペシャル

華やかなりし時代へ誘う

ハイランダーの秘密の跡継ぎ	ジェニーン・エングラート／琴葉かいら 訳	PHS-332
伯爵に拾われた娘	ヘレン・ディクソン／杉本ユミ 訳	PHS-333

ハーレクイン・プレゼンツ作家シリーズ別冊

魅惑のテーマが光る
極上セレクション

炎のメモリー	シャロン・サラ／小川孝江 訳	PB-390

※予告なく発売日・刊行タイトルが変更になる場合がございます。ご了承ください。